जंगली गुलाब

जंगली गुलाब

ओगावा मिमेई
मियाज़ाबा केन्जी
आवा नाओको

अनुवाद और चयन

उनीता सच्चिदानन्द

राजकमल प्रकाशन

ISBN : 978-81-267-0617-4

मूल्य : ₹495

पहला संस्करण : 2002
पहली आवृत्ति : 2023
This book is printed on **Print on Demand** Technology : 2026

प्रकाशक : राजकमल प्रकाशन प्रा.लि.
1-बी, नेताजी सुभाष मार्ग, दरियागंज
नई दिल्ली-110 002
शाखाएँ : अशोक राजपथ, साइंस कॉलेज के सामने, पटना-800 006
पहली मंजिल, दरबारी बिल्डिंग, महात्मा गांधी मार्ग, प्रयागराज-211 001
1, अनमोल सोराबजी संतुक लेन, धोबी तलाव, मरीन लाइंस, मुम्बई-400 002
वेबसाइट : www.rajkamalprakashan.com
ई-मेल : info@rajkamalprakashan.com

JUNGLI GULAB
Selected & Translated by Unita Sachidanand

श्रद्धेय प्रो. सत्यभूषण वर्मा जी को
जिन्होंने मुझे जापानी का
पहला पाठ पढ़ाया

दो शब्द

भारत और जापान के राजनयिक सम्बन्ध की इस स्वर्ण जयन्ती वर्ष में जापानी लोक साहित्य, बाल तथा आधुनिक साहित्य की इस शृंखला को भारतीय पाठकों को समर्पित करते हुए मुझे अपार हर्ष हो रहा है। इस शृंखला में 12 पुस्तकें प्रकाशित हो रही हैं। इनमें से दो पुस्तकें जापानी लोक कथाओं और तीन जापान के विशिष्ट बाल कथाकारों की चुनिंदा रचनाओं से सम्बन्ध रखती हैं।

इन पुस्तकों में मैंने नीइमी नानकिचि, हामादा हिरोसुके, त्सुबोता जोजी, मुशानोकोजी सानेआत्सु, ओगावा मिमेई और शिमाजाकी तोसोन जैसे दिग्गजों की रचनाओं को सम्मिलित किया है। दो और पुस्तकें अग्रणी समकालीन कथाकार ओका शूजो की बहुचर्चित पुस्तक 'बोकु नो ओनेसान' का अनुवाद है जिसे मैंने जापान की श्रीमती योशिको ओकागुची के साथ मिलकर सम्पन्न किया है।

आधुनिक एवं समकालीन जापानी साहित्य का अवलोकन अन्य पाँच संकलनों में आयोजित करने की चेष्टा की गई है। इनमें जहाँ कावाबाता यासुनारी की 'हथेली-भर कहानियाँ' हैं वहीं मियाजावा केन्जी, आवा नावाको और ओगावा मिमेई की फंतासी, आकुतागावा र्‍यूनोसुके का व्यंग्य, शिगा नाओया, आरिशिमा ताकेओ व मात्सुतानी मियोको की भावपूर्ण संवेदनात्मक रचनाएँ भी हैं।

जापान के आर्थिक और सामाजिक विकास की यात्रा, द्वितीय विश्व महायुद्ध के विध्वंसक परिणामों तथा पूँजीवादी प्रोद्योगिकीकरण से प्रभावित सामाजिक और आर्थिक हलचलों को संबोधित करते आबे कोबो, साता इनेको तथा हायाशी फुमिको की रचनाएँ एक अलग ही पहलू से हमारा साक्षात्कार कराएँगी। बारहवीं पुस्तक आधुनिक जापानी साहित्य और साहित्यकारों से भारतीय पाठकों का परिचय कराएँगी। उम्मीद है कि इन पुस्तकों के जरिए जापानी साहित्य की एक लघु यात्रा पाठकों को पसंद आएगी। पिछले पाँच वर्षों से मैं इस कार्य के सम्पादन में प्रयत्नशील रही हूँ। इस कोशिश में मेरा

हौसला बढ़ाते और हर पल सहयोग करते मेरे कई मित्रों का महत्त्वपूर्ण योगदान रहा है।

सर्वप्रथम मैं भारत में जापान के राजदूत श्री हिरोशी हीराबायाशी के प्रति अपना आभार प्रकट करना चाहती हूँ जिन्होंने इस कार्य के लिए मुझे प्रोत्साहित किया। जापान की संस्कृति व सूचना केन्द्र के निदेशक श्री मिनेमुरा, राजदूत के विशिष्ट अधिकारी कु. हिरोमी सातो और श्री शिनसुके जो स्वयं बखूबी हिन्दी भाषा और साहित्य की अच्छी जानकारी रखते हैं; जापान फाउण्डेशन के निदेशक श्री फुकाज़ावा एवं उपनिदेशक कोजी सातो का मैं धन्यवाद करना चाहूँगी जिनका सहयोग मुझे लगातार मिलता रहा।

इन पुस्तकों की पाण्डुलिपि की तैयारी के दौरान राजकमल प्रकाशन के श्री उपेन्द्र झा, श्री चेतन क्रान्ति, श्री नरेश कुमार शर्मा, श्री तपस सरकार, आकांक्षा कम्प्यूटर के श्री नारायण एवं जवाहरलाल नेहरू विश्वविद्यालय के पूर्व एशियाई अध्ययन केन्द्र के शोधछात्र श्री संदीप कु. मिश्र से मिला योगदान अविस्मरणीय है। लेकिन इस यात्रा में राजकमल प्रकाशन के निदेशक श्री अशोक कुमार महेश्वरी का एक अभूतपूर्व योगदान है जिसकी वजह से मेरी मेहनत सफल हो पाई है।

अंत में, मैं अपने पति डा. सच्चिदानन्द सिन्हा, पुत्री वरुणी और पुत्र सोहम के प्रति अपना आभार प्रकट करना चाहूँगी, जिन्होंने विगत पाँच वर्षों के दौरान मुझे न सिर्फ उ युक्त माहौल प्रदान किया बल्कि घर-परिवार की जिम्मेदारी में मेरा हाथ बँटाया। उनके धैर्य के अनन्त भण्डार के बगैर यह कार्य मैं कदापि संपादि नहीं कर पाती।

उनीता सच्चिदानन्द
चीनी व जापानी अध्ययन विभाग
दिल्ली विश्वविद्यालय
दिल्ली

FOREWORD

Inquisitiveness has always been a basic human trait, with mankind constantly seeking to learn more and more about other civilizations and cultures. Each nation has its own unique culture and way of living, about which people in other countries are always curious to know. Literature is the medium that provides a window to other societies, by helping us to understand their thoughts and aspirations. But, sometimes difference in language acts as a barrier in this task. It is here that the significance of literary translations comes to the fore. Literary translations have performed an important role of promoting global cultural interaction since times immemorial, and will continue to do so in the future as well.

The year 2002 make the 50th anniversary of diplomatic relations between Japan and India, which were established in April 1952. These fifty years have seen our relationship grow into a multi-dimensional one, covering a diverse range of areas such as political, economic, defence, art and culture, etc. Today, the ties between Japan and India are deeper and larger than ever before, based on mutual understanding and respect for each other. While the past fifty years have been positive and productive, we would like the next fifty years to be more so, and look forward to fruitful and close relations between our two peoples in the coming decades.

Dr. Unita Sachidanand has played a significant role in the promotion of mutual understanding between the people of our two countries. Having dedicated herself to the cause of strengthening the ties between our two countries through mutual appreciation of literature, she has once again undertaken the commendable initiative of introducing Japanese literature to Indian readers in Hindi. In 1998, she has brought out three volumes of translated Japanese literature. This time, she brings out a set of twelve tiles to commemorate the Golden Jubilee of Japan-India Diplomatic Relations. These books cover a wide variety of Japanese literary genre — from folk tales to modern fantasies, satire, children's stories, and mainstream literature written by some of the finest Japanese writers of all times. She also records two narratives presented by the *katari*, be the tradition Japanese storytellers.

Her selection is truly impressive and covers a wide spectrum of Japanese literature. In her collection, she has picked up representative stores from different periods in such a manner that they take the reader through a comprehensive literary journey of Japan. The first book contains some of the everlasting folk tales representing legends, myths and beliefs of Japan. These have been retold by the author in an absorbing style that would be liked by readers of all ages. The next three books carry an assortment of children's sotries specially written by some of the greatest literary craftsmen of Japan, such as Niimi Nankichi, Hamada Hirosuke, Shimazaki Toson, Mushanokoji Saneastsu, Tsubota Joji and Matsutani Miyoko. Though most of these authors belong to the mainstream of Japanese literature, the present selection includes those stores that these great writers have crafted specially for children. Japanese children virtually grow up with these stories, as some of these also find a place in most school textbooks in Japan.

I am particularly touched by the six stories by one of the contemporary Japanese authors, Oka Shuzo, profiling the life of the mentally and physically challenged persons. The compassion presented in these stories is a befitting tribute to the cause of such differently gifted persons. This book has received several awards such as the Akai Tori Award, Niimi Nankichi Award and Tsubota Joji Award, and has also been produced as a motion picture. This book is being brought out by Dr. Sachidanand in collaboration with Ms. Yoshiko Okaguchi of Japan, highlighting the need for such collaborative initiatives in this Golden Jubilee Year of Japan-India Friendship.

The collections included in two of the twelve titles have been largely devoted to fantasies created by Ogawa Mimei, Miyazawa Kenji and Awa Naoko. Four of the titles represent mainstream Japanese literature immaculately selected from the writings of influential authors such as Shiga Naoya, Akutagawa Ryunosuke, Arishima Takeo, Sata Ineko, Abe Kobo, Hayashi Fumiko, Matsutani Miyoko and last but not the least, an interesting collection of what is often referred to as the 'palm-sized stories' of Kawabata Yasunari, the first Japanese Noble laureate in literature. This volume of Kawabata's short stories has been translated by the students of Japanese literature in the University of Delhi, where Dr. Sachidanand teaches. I find it truly heart-warming that the translators and the editor have dedicated these stories to the long life of Japan-India Friendship in the true spirit and character of the 'palm-sized stories'. I congratulate the young scholars of Japanese language and literature for their commendable gesture.

In order to help the Indian readers appreciate the collection presented in these multi-volume anthologies of Japanese literature, Dr. Sachidanand aptly adds the twelfth one, which presents a lucid and comprehensive history of modern Japanese literature and its notable contributors. It is praiseworthy to note that the author traverses the entire gamut of Japanese literature from the Meiji period onwards, covering the contemporary trends in Japanese literature as well. She devotes a separate chapter highlighting the contribution of women authors in Japan.

I have great appreciation and admiration for all the efforts taken by Dr. Unita Sachidanand in preparation of these books, and would like to congratulate her and the publisher, Rajkamal Prakashan, for accomplishing such a magnificent task in this Golden Jubilee Year of Japan-India Diplomatic Relationship. I wish the author and the publisher an outstanding success in their current as well as future endeavours.

Hiroshi Hirabayashi
Ambassador of Japan to India

क्रम

ओगावा मिमेई

(1882-1961)

ओगावा मिमेई का जन्म 7 अप्रैल, सन् 1882 में नीईगाता प्रांत के ताकाकी गाँव में हुआ। समाज में बुराई और पक्षपात को सह नहीं पाते थे। उनका मन स्वार्थपरायणता को देख उद्विग्न हो विरोध करने लगता। यही कारण है कि समाजवादी विचारधारा के मिमेई 'जंगली गुलाब' में भी भाईचारे के भाव को दर्शाते हैं। अलग-थलग देश के दो सिपाही आपसी युद्ध से बेखबर घने मित्र बन जाते हैं। इनकी रचनाओं में घृणास्पद समाज को यथासम्भव, सुन्दरता में बदलने की कोशिश की गई है। सौंदर्य की तलाश में इनकी रचनाओं में कभी काल्पनिक दुनिया, तो कभी मृत्यु की कल्पना भी प्रकट होती है। 'उनींदा शहर' में मिमेई का प्रकृति से लगाव नीचे की पंक्तियों में खूब झलकता है:

'अगर यह सिलसिला...देखते ही देखते धरती रेगिस्तान में...'

मिमेइ का मानना था कि मानव-विकास के लिए प्राकृतिक सौंदर्य के विनाश को ज्यादा दिनों तक टाला नहीं जा सकता। धरती पर बदलाव तो आना ही है।

उनकी कहानियों में प्रकृति, दंतकथा तथा परी-कथाओं का अच्छा मिश्रण है। मिमेइ ने कई उपन्यास, कहानियों एवं कविताओं की रचना की।

उनकी रचनाओं में, कमजोर के प्रति दया, सहानुभूति, गरीबों के प्रति संवेदना और हमदर्दी, पक्षपात के प्रति गुस्सा, न्याय संगत एवं नेक चीजों को अपनाने, लागू करने की हिम्मत, सुंदरता से लगाव, आजादी का सम्मान एवं नवीन युग के निर्माण की आकांक्षा के भाव कूट-कूट कर भरे हैं।

सन 1951 में इन्हें जापान के साहित्य कला अकादमी पुरस्कार से सम्मानित किया गया।

जंगली गुलाब

मूल शीर्षक : नोबारा
स्रोत : शोनेन शोजो निहोन बुन गाकुकान :
14, कोदांशा, तोक्यो, 1986

दो छोटे-बड़े देश एक दूसरे के पड़ोसी थे। इधर कुछ दिनों से दोनों देशों के बीच अनबन न होने के कारण शांति थी।

राजधानी से दूर सीमा पर दोनों देशों के एक-एक सिपाही भेजे गए थे, जो सीमा-निर्धारण स्मारक की देखभाल करते थे। बड़े देश का सिपाही कुछ बूढ़ा हो चला था जबकि छोटे देश का सिपाही जवान था।

दोनों सीमा पर बने स्मारक की दायीं और बायीं ओर तैनात थे। स्मारक एक बहुत ही वीरान पहाड़ पर स्थित था। वहाँ शायद ही कभी कोई इन्सान दिखाई देता था।

शुरू-शुरू में जब दोनों सिपाही एक-दूसरे को जानते नहीं थे तो वे अक्सर अपने आपको दोस्ती और दुश्मनी के बीच टँगे पाते, परन्तु उन्हें एक-दूसरे का घनिष्ठ मित्र बनते देर न लगी।

बसंत का दिन! एक तो लम्बा होता ही था, ऊपर से तेज धूप, सीधे सिर पर पड़ती थी। अपनी ऊब मिटाने के लिए एक-दूसरे से बात करने के अलावा उनके लिए कोई और चारा भी न था।

वीरान सीमांत इलाके में ठीक सीमा-रेखा के आस-पास न मालूम

किसने जंगली गुलाब का एक पौधा उगा दिया था। जंगली गुलाब के इस घने पौधे पर सुबह होते ही असंख्य मधुमक्खियाँ इकट्ठा हो जाती थीं। उनके पंखों की मनोहर आवाज, सोए हुए सिपाहियों के स्वप्नमय निद्रा में भी सुनाई देने लगती।

"अरे, अब उठो! देखो तो कितनी मधुमक्खियाँ आ गई हैं!" दोनों एक-दूसरे से कहते हुए उठ खड़े हुए।

बाहर उम्मीद के अनुसार सूरज पेड़ों के शीर्ष पर तेजी से चमक रहा था। चट्टानों के बीच बहती निर्मल एवं स्वच्छ धारा के पानी से दोनों ने कुल्ला किया। मुँह धोने को हुए ही थे कि अनायास वे एक-दूसरे के बिलकुल आमने-सामने हो गए।

"नमस्कार! देखो, कितना अच्छा मौसम है!"

"वाकई, बहुत अच्छा मौसम है। ऐसे मौसम में तो मन बहुत ही प्रफुल्लित हो उठता है।"

दोनों इसी तरह वहाँ खड़े-खड़े बातें करते रहे, फिर सिर ऊपर उठा चारों ओर फैली प्रकृति की सुंदरता का लुत्फ़ उठाने लगे।

हालाँकि दृश्य देखने को तो रोज वही होते थे, परन्तु हर दिन एक नई अनुभूति हृदय के पटल पर अंकित हो जाती। शुरू में जवान सिपाही शोगी[1] खेलना नहीं जानता था परन्तु बूढ़े सिपाही के साथ रहते-रहते वह भी खेलना सीख गया। अब तो आलम यह था कि शान्त दुपहरी में दोनों शतरंज की बाजियों में रमे रहते।

शुरू में तो बूढ़ा सिपाही शतरंज में माहिर होने की वजह से बिना प्यादे चले भी जवान सिपाही को मात कर देता था; परन्तु एक समय ऐसा भी आया कि उसे प्यादे तो चलाने ही पड़ते, फिर भी हारने की नौबत आ जाती।

वे दोनों सिपाही बहुत नेक इन्सान थे। ईमानदार और दयालु भी। शतरंज खेलते वक्त संघर्षशील होते हुए भी उनका अन्तर्मन स्वच्छ और निर्मल रहता था। एक-दूसरे के लिए वे एक खुली-किताब की तरह थे।

---

1. जापानी शतरंज

"यह मेरी हार है क्या? इस तरह भागते रहना तो अब मुश्किल ही लग रहा है। अगर सचमुच का युद्ध होता तो, मालूम नहीं कौन जीतता!" बूढ़ा सिपाही मुँह खोल, जोर से ठहाका मार हँस पड़ा।

इधर जवान सिपाही अपने जीतने की सम्भावना को भाँप प्रसन्नचित हो चमकती आँखों से प्रतिद्वंद्वी राजा को मात देने में कोई कसर नहीं छोड़ रहा था।

पेड़ों की चोटी पर चिड़ियाँ भी मस्ती से गाना गा रही थीं। सफेद गुलाब के फूल भी अपनी खुशबू फैला रहे थे।

इस देश में भी सर्दी का आना तो निश्चित था। सर्दी आने से बूढ़े सिपाही को दक्षिण याद आने लगता, जहाँ उसके बेटा और पोता रहते थे।

"मैं छुट्टी लेकर जल्दी जाना चाहता हूँ।" बूढ़ा बोला।

"तुम चले जाओगे तो कोई अनजान व्यक्ति तुम्हारी जगह पर आएगा। सुशील और दयालु इन्सान होगा तो अच्छा है; परन्तु दोस्त-दुश्मन का भेद-भाव रखने वाला आया तो कष्ट होगा। कृपा करके थोड़ा और रुक जाओ! देखो न, अब जल्दी ही बसंत आने वाला है।" जवान बोला।

सर्दी खत्म हुई और बसंत ऋतु आ गई। ठीक उसी वक्त इन दोनों देशों के बीच किसी मुद्दे को लेकर फिर से लड़ाई छिड़ गई। नतीजा यह कि आज तक रोज घनिष्ठता से मिल-जुलकर समय बिता रहे ये दोस्त भी दुश्मनी के असहनीय और पीड़ादायक सम्बन्ध से जुड़ गए। यह स्थिति दोनों के लिए अत्यंत कष्टदायक थी।

"अच्छा भाई, आज से तुम और मैं दुश्मन बन गए। मैं बूढ़ा तो हूँ परन्तु हूँ मेज़र। अगर तुम मेरी गर्दन काटकर ले जाओ तो तुम्हें तरक्की मिलेगी, इसलिए तुमसे मेरी विनती है कि मुझे मार डालो।" बूढ़े ने कहा।

यह सुनते ही जवान भौचक्का रह गया। वह बोला, "यह क्या बोल रहे हो? तुम मेरे दुश्मन कैसे हुए? मेरे दुश्मन कोई और हैं। लड़ाई तो दूर उत्तर दिशा में हो रही है। मैं वहाँ जाकर लड़ूँगा।" यह कहता हुआ जवान वहाँ से चला गया।

सीमा पर केवल अकेला बूढ़ा सिपाही रह गया। बूढ़े के लिए अब

दिन काटने मुश्किल हो गये।

जंगली गुलाब खिलता तो जरूर, लेकिन अब उसमें पहले जैसा आकर्षण न था, जबकि मधुमक्खियाँ दिन निकलते ही आ जातीं और शाम होने तक झुण्ड बनाए रहतीं।

लड़ाई काफी दूर हो रही थी, इसलिए ध्यान से कान लगाने पर या आसमान को देखने पर भी न तो तोपों की आवाजें सुनाई देतीं और न ही काले धुएँ की परछाईं दिखती।

उस दिन से बूढ़ा सिपाही अपने दोस्त की चिन्ता में ही डूबा रहा।

इस तरह दिन बीतने लगे।

एक दिन उधर से कोई राहगीर गुजरा तो बूढ़े ने उससे लड़ाई के परिणाम के बारे में पूछा। राहगीर ने बताया कि लड़ाई अब खत्म हो गई है, क्योंकि छोटा देश हार गया और उसके सभी सिपाही मारे गए।

बूढ़े ने सोचा, फिर तो कहीं मेरा दोस्त भी न मर गया हो! यह सोचते ही वह भावुक हो उठा। वह स्मारक के पत्थर के ऊपर अपनी गर्दन नीचे किये बैठा रहा। न मालूम कब उसे नींद का झोंका आ गया। उसने देखा, उत्तर से बहुत सारे लोग आ रहे हैं। ध्यान से देखने पर पता चला कि वह सिपाहियों की एक कतार थी। घोड़े पर सवार उनका नेतृत्व करने वाला व्यक्ति कोई और नहीं, वही नौजवान सिपाही था। सभी सिपाही अत्यंत अनुशासित और शान्त थे। जैसे ही वे लोग बूढ़े के पास से गुजरे नौजवान सिपाही ने सैल्यूट किया और फूल को सूँघा।

बूढ़ा सिपाही भावविह्वल हो कुछ बोलने को हुआ ही था कि उसकी आँखें खुल गईं। यह एक सपना था।

इस घटना के एक महीने बाद जंगली गुलाब का फूल सूख गया। ठंड का महीना आते ही बूढ़ा सिपाही भी छुट्टी लेकर दक्षिण की ओर लौट गया।

चाँदनी रात और चश्मा

मूल शीर्षक : त्सुकियो तो मेगाने, 1922
स्रोत : शोनेन शोजो निहोन बुन गाकुकान :
14, कोदांशा, तोक्यो, 1986

चारों ओर फैली हरियाली की गोद में एक शहर और उसके आसपास का मैदान निश्चिंतता से स्थित थे।

एक शीतल और खूबसूरत चाँदनी रात की बात है। शहर के एक सुनसान छोर पर एक बुढ़िया रहती थी–अकेली। वह खिड़की के पास बैठी, लैम्प की रोशनी में चुपचाप कुछ सिलने का काम कर रही थी।

उम्र अधिक होने की वजह से बुढ़िया की आँखों की रोशनी धुँधली हो चली थी। धागा पिरोने में उसे बड़ी कठिनाई होती थी। वह कभी पतले धागे को रोशनी में देखती तो कभी मरोड़ती। यह सिलसिला काफी देर चलने के बाद बड़ी मुश्किल से वह सुई में धागा पिरो पाती थी।

चंद्रमा की नीली रोशनी में समस्त वातावरण एक हलके आसमानी रंग की चादर ओढ़े हुए था। ऐसा लग रहा था, मानो पेड़–पौधे और पहाड़ी सभी निर्मल नीले पानी के अन्दर डूबे हों।

इस तरह काम करते–करते बुढ़िया कभी अपनी जवानी के दिनों, तो कभी रिश्तेदारों की यादों में खो जाती या फिर दूर पल रही नातिन के खयालों में डूब जाती।

शेल्फ पर रखी अलार्म घड़ी की 'टिक्-टिक्' ही केवल समय का आभास करा रही थी, वरना आस-पास तो बिलकुल सन्नाटा छाया हुआ था। हाँ, कभी-कभी अधिक भीड़-भाड़ वाली सड़क से किसी फेरीवाले के ऊँचे स्वर या फिर किसी भाप-इंजन के चलने की आवाज सुनाई पड़ जाती थी।

खुद कहाँ है, और क्या कर रही है, समझने में असमर्थ बुढ़िया चुपचाप ऐसे बैठी थी, जैसे कोई सपना देख रही हो।

तभी बाहर के दरवाजे पर किसी ने दस्तक दी। बुढ़िया के कान काफी हद तक बहरे हो चले थे, फिर भी उसे दस्तक का आभास हुआ। चूँकि इस वक्त किसी के भी आने की सम्भावना न थी, इसलिए उसने सोचा कि जरूर यह हवा के झोंको की आवाज होगी। हवा तो इसी तरह निरुद्देश्य मैदानों और शहरों में बहती रहती है।

इस बार ठीक खिड़की के नीचे, छोटे-छोटे कदमों की आहट हुई। बुढ़िया के कान सतर्क हो गए।

"बूँढ़ी माँ, ओ बूढ़ी माँ!" कोई पुकार रहा था।

पहले तो बुढ़िया को अपने कानों का भ्रम लगा, फिर उसने काम बंद कर आवाज़ को ठीक से सुनने की कोशिश की।

"बूढ़ी अम्मा, कृपा करके दरवाज़ा खोलिए।" फिर से आवाज़ आई।

'आखिर कौन है जो पुकार रहा है?' यह सोचती हुई बुढ़िया ने खिड़की खोली। बाहर नीली-सफेद चाँदनी चारों ओर फैले दिन-सा उजाला किए थी। खिड़की के नीचे एक छोटा व्यक्ति ऊपर की ओर निगाहें टिकाए खड़ा था। मूँछों वाले इस व्यक्ति ने काले चश्मे पहन रखे थे।

"मैं तुम्हें नहीं जानती। तुम कौन हो?" बुढ़िया ने पूछा। अजनबी को देख बुढ़िया ने सोचा कि कहीं यह राहगीर रास्ता तो नहीं भटक गया!

"मैं चश्मे बेचने वाला हूँ। मेरे पास तरह-तरह के चश्मे हैं। इस शहर में तो मैं पहली बार आया हूँ। सचमुच बहुत सुन्दर है यह जगह। आज चाँदनी रात होने की वजह से मैं घूम-घूमकर चश्मे बेच रहा हूँ।" अजनबी बोला।

आँखों की धुँधली रोशनी के कारण सुई में धागा न डाल पाने से परेशान बुढ़िया के लिए तो जैसे वह व्यक्ति एक फरिश्ता बनकर आया था, इसलिए उसने पूछा, "क्या तुम्हारे पास मेरी आँखों से मेल खाता, ठीक से दिखाई देने वाला चश्मा है?"

उस व्यक्ति ने हाथ में लटकते बक्से के ढक्कन को खोला। बुढ़िया की नज़रों से मेल खाने वाले चश्मे को ढूँढ़ते-ढूँढ़ते अचानक एक कछुए की खाल से बने रिम का बड़ा-सा चश्मा निकाल, खिड़की से झाँकती हुई बुढ़िया के हाथों में उसने थमा दिया।

"मैं गारंटी के साथ कह सकता हूँ कि इस चश्मे से आप हर चीज को अच्छी तरह देख सकेंगी।" वह व्यक्ति बोला।

खिड़की के नीचे खड़े व्यक्ति के आस-पास की जमीन में लगे तरह-तरह के घास-फूल चन्द्रमा के प्रकाश में गहरे रंग में खिले खुशबू दे रहे थे।

बुढ़िया ने इस चश्मे को पहनकर उस ओर रखी अलार्म घड़ी और कैलेण्डर की ओर देखा तो उसका चेहरा खुशी से खिल उठा, अब वह एक-एक अक्षर, सफाई से पढ़ सकती थी। अक्षर उतने ही साफ दिखाई दे रहे थे जितने कि तब देख पाई थी जब वह एक नन्हीं बच्ची थी। बुढ़िया की खुशी का ठिकाना न रहा।

"लो, इसे दे दो।" बुढ़िया ने खुशी से चहकते हुए उस चश्मे को खरीद लिया।

बुढ़िया के पैसे देते ही वह काला चश्मा पहने, मूँछों वाला व्यक्ति वहाँ से चला गया। उस व्यक्ति के जाने के बाद, वातावरण में फूलों की भीनी-भीनी खूशबू पहले की तरह चारों ओर हवा के साथ फैल रही थी।

खिड़की बंद कर बुढ़िया पहले की जगह आकर बैठ गई। अब वह आसानी से सुई में धागा पिरो सकती थी। बुढ़िया कभी चश्मा पहनती, तो कभी उतार देती, बिलकुल बच्चे की तरह। वह तरह-तरह से चश्मा पहन अलग-अलग चीज़ों को देखती। चश्मा न पहनने की आदी बुढ़िया में अचानक एक जबर्दस्त बदलाव आ गया था।

बुढ़िया ने चश्मे को आँखों से निकाला और शेल्फ के ऊपर पड़ी घड़ी के पास रख दिया।

'रात काफी हो चली है, अब सोना चाहिए।' यह सोच वह अपने बिखरे काम समेटने लगी।

उसी वक्त दरवाजे पर फिर किसी ने दस्तक दी। बुढ़िया के कान फिर सतर्क हो गए।

'लगता है, फिर कोई आया है, लेकिन इतनी रात को कौन आ सकता है...?'' कहकर बुढ़िया ने घड़ी की ओर देखा, समय काफी हो चला था। फिर भी बुढ़िया उठकर दरवाजे की ओर गई। दरवाजे पर 'थप-थप' की हलकी आवाज आ रही थी, जैसे कोई अपने नन्हे-नन्हे हाथों से दरवाजे पर थपकी दे रहा हो।

'इतनी रात बीतने पर...', मन-ही-मन बुदबुदाती बुढ़िया ने दरवाजा खोला। बारह-तेरह साल की एक खूबसूरत लड़की पलकें भिगोए वहाँ खड़ी थी।

''मुझे नहीं मालूम, तुम किस घर की बच्ची हो परन्तु इतनी रात गए इस वक्त तुम यहाँ क्यों आई हो?'' बुढ़िया ने सशंकित हो पूछा।

''मैं शहर के इत्र बनानेवाले कारखाने में काम करती हूँ। हर रोज़ सफेद फूलों से निकले इत्र को शीशी में भरती हूँ और रात को देरी से घर लौटती हूँ। आज भी काम खत्म करके चन्द्रमा के इस खूबसूरत उजाले में अकेली ऐसे ही घूम रही थी तो एक पत्थर से ठोकर खा उँगली में यह घाव कर बैठी। दर्द इतना जोरों का है कि मुझसे सहा नहीं जा रहा है। खून रुकने का नाम ही नहीं ले रहा। इस वक्त सभी घरों के लोग सो चुके हैं। यहाँ से गुजरी तो देखा कि दादी माँ अभी जगी हुई हैं। मैं जानती हूँ कि आप एक दयालु, सुशील और नेक इन्सान हैं। इसी कारण दरवाजा खटखटाने का खयाल मेरे दिल में आया।'' लम्बे बालों वाली खूबसूरत लड़की ने अपनी बात खत्म की।

लड़की के बालों और बदन से उत्तम दर्जे की खुशबू चारों ओर तेजी से फैल रही थी।

''तो... तुम मुझे जानती हो?'' बुढ़िया ने पूछा।

''हाँ, मैं जानती हूँ क्योंकि अक्सर, इधर से गुजरते वक्त आपको खिड़की के पास सिलाई करते देखती थी।''

''चलो, तुम एक अच्छी बच्ची हो। दिखाओ मुझे, वह चोट लगी

उँगली कौन-सी है। कुछ दवा लगा देती हूँ।'' बुढ़िया यह कहकर लड़की को लैम्प के पास ले आई। लड़की ने अपनी प्यारी-सी दूधिया सफेद उँगली दिखाई, जिससे खून बह रहा था।

'ओह, पत्थर से रगड़ खाकर कटी होगी।' बुढ़िया ने मन-ही-मन कहा, परन्तु आँखें कमजोर होने की वजह से खून कहाँ से निकल रहा था, उसे पता न चला।

''अभी थोड़ी देर पहले खरीदा चश्मा कहाँ होगा।'' बुढ़िया ने अलार्म घड़ी के पास रखे चश्मे को जल्दी से पहना। वह अपने घर के पास से अक्सर गुजरने वाली इस सुन्दर लड़की के घाव को गौर से देखने को हुई कि स्तब्ध-सी रह गई। यह क्या, वह लड़की न होकर एक सुन्दर-सी तितली थी! बुढ़िया को तुरन्त याद आया कि चाँदनी रात के शीतल वातावरण में अक्सर तितलियाँ मनुष्य के वेश में लोगों के घरों का चक्कर लगाती रहती हैं।

उस तितली के पाँव में चोट लगी थी।

''प्यारी बच्ची, आओ इधर मेरे पास।'' बुढ़िया ने तितली को दुलारते हुए कहा। वह दरवाजा खोल पिछवाड़े के बगीचे की तरफ गई। लड़की भी चुपचाप बुढ़िया के पीछे-पीछे चल पड़ी।

इस वक्त बाग में फूल अपनी पूरी रवानी पर थे। दिन के वक्त उन पर तितलियाँ, मधुमक्खियाँ इकट्ठा हो कोलाहल मचाए रहती हैं; परन्तु इस वक्त ये पत्तों के बीच आनन्दमयी सपनों में खोए आराम करते प्रतीत हुए। इसीलिए वहाँ बिलकुल सन्नाटा छाया हुआ था, केवल चन्द्रमा की नीली-सफेद रोशनी का प्रवाह था। बाड़ पर लगे सफेद गुलाब के फूल इस तरह खिले थे जैसे सौम्य और ताजी बर्फ किसी पत्ते पर एकत्रित हो।

''अरे यह बच्ची कहाँ गई?'' बुढ़िया ने अचानक पीछे मुड़कर देखा। पीछे-पीछे आ रही लड़की न मालूम कब बिना आहट किए अदृश्य हो चुकी थी।

''सब लोग सो चुके हैं इसलिए अब मुझे भी सोना चाहिए।'' बुढ़िया घर के अंदर चली गई।

सचमुच, एक खूबसूरत चाँदनी रात थी वह।

सफ़ेद फाटक का एक घर

मूल शीर्षक : शिरोइमोन नो आरु इए, 1926
स्रोत : निहोन मोसो बुनगाकु शूसेई
13, ओगावा मिमेई, कोकुशो कानकोकाइ, 1992

बसंत की रात खामोश थी।

एक आदमी काम करते-करते जब थक गया तब कहीं किसी कॉफी हाउस जाकर कॉफी पीने की ख्वाहिश से वह घर से बाहर निकल पड़ा। सड़क अभी भी गरम थी। चाँद की धुँधली रोशनी में शहर का ऊँचा पगोडा, टीला, आसमान और जंगल अस्पष्ट और खोए-खोए से लग रहे थे। सारा दृश्य एक सपने जैसा प्रतीत हो रहा था।

आदमी को बाहर निकलने के बाद ही यह आभास हुआ कि रात काफी बीत चुकी थी। काम में मग्न होने से उसे समय बीतने का पता ही न चला। लोग भी इक्का-दुक्का ही दिख रहे थे बाहर। कोई दुकान भी खुली हुई नजर न आई।

'अब तो वह दुकान भी खुली नहीं होगी!' सोचते हुए आदमी परिचित दुकान की ओर चल पड़ा। खूबसूरत रात के नज़ारे को देख वह विस्मित हुए बगैर न रहा। कॉफी की दुकान के पास पहुँचा तो पाया कि वह बंद हो चुकी थी। वह निराश हो गया। लाचार, वापस लौटने को हुआ ही था कि तभी पीछे से किसी के पाँवों की आवाज़ सुनाई

दी। पीछे से कोई चला आ रहा था।

"नमस्कार!" किसी ने पीछे से नमस्कार किया तो उस आदमी के पैर रुक गए। वह देखना चाहता था कि आखिर वह कौन है जिसने पीछे से नमस्कार कहा है।

"नमस्कार।" आदमी ने जवाब तो दे दिया; परन्तु उस व्यक्ति को वह नहीं जानता था।

उस व्यक्ति ने उस आदमी के पास आकर दोस्ताना अंदाज में कहा, "मैं इस शहर में ही रहता हूँ। काम करते-करते थकान महसूस हुई तो कॉफी पीने यहाँ तक चला आया, परन्तु दुकान बन्द हो चुकी है। जाहिर है, आप भी इसी उद्देश्य से यहाँ आए हैं। चलिए, मैं आपको एक बेहतर कॉफी हाउस दिखा लाता हूँ।"

एक अनजान व्यक्ति का ऐसी घनिष्ठता से बात करना उस आदमी को थोड़ा अटपटा-सा लगा; परन्तु उस व्यक्ति का भी उसी शहर में रहना, लोगों से सद्व्यवहार रखना, थोड़ा सुस्ताने की इच्छा आदि बातों पर गौर करने से न मालूम कैसे इस आदमी को भी उस व्यक्ति से अपनापन महसूस होने लगा।

"दरअसल मैं भी टहलना चाहता था और साथ में कॉफी भी पीना चाहता था; परन्तु यह दुकान तो बन्द है।" वह आदमी बोला।

"इस शहर में इस वक्त ज्यादा ग्राहक नहीं होते इसलिए दुकान के मालिक जल्दी सो जाते हैं। क्या यही अच्छा होता कि देर रात तक दुकान खुली रहती!" उस व्यक्ति ने कहा।

"क्या बजा होगा?"

"बारह बज रहे हैं।"

'इतनी देर गए दुकानदार का सोना तो स्वाभाविक है। अब मुझे भी घर जाकर सोना चाहिए।' आदमी ने सोचा।

"मैं जिस कॉफी हाउस की बात कर रहा था, वह यहाँ पास ही पीछे की सड़क पर है। अभी हाल ही में खुली है। बड़ी आरामदेह जगह है। मेरे साथ चलने की कृपा करेंगे तो आपको भी उस दुकान की जानकारी हो जाएगी।" वह व्यक्ति बोला।

'उस व्यक्ति के बार-बार अनुरोध करने पर भी न जाऊँ, तो यह

अशिष्टता होगी।' यह सोचते हुए उस आदमी ने कहा, "अच्छा, तो चलते हैं।"

दोनों बातें करते हुए एक गली की ओर मुड़े। वह आदमी पहले भी कई बार इधर से गुजर चुका था किन्तु आज न मालूम क्यों यह जगह उसे अत्यंत खूबसूरत लग रही थी। चाँद की रोशनी सभी चीजों पर अपनी मनमोहक आभा बिखेर रही थी, शायद इसीलिए ऐसा उसने सोचा।

इतने में दोनों एक चकाचक चमकती दुकान के सामने जा पहुँचे।

"यही वह दुकान है जिसकी मैं जिक्र कर रहा था।" उस व्यक्ति ने कहा।

प्रवेशद्वार पर नया-नया हरे रंग का पर्दा टँगा हुआ था। अन्दर गुलदस्ते में सजे ढेर सारे फूल अपनी भरपूर खुशबू बिखेर रहे थे। एक तरफ टेबल पर तीन- चार लोग बैठे बातें कर रहे थे। किसी कमरे से मैंडोलिन का मध्यम संगीत सुनाई दे रहा था।

वह व्यक्ति और यह आदमी टेबुल पर एक-दूसरे के आमने-सामने बैठे। अब पहली बार इस आदमी ने उस व्यक्ति की शक्ल को रोशनी में गौर से देखा। उस व्यक्ति की शक्ल देख वह आदमी हक्का-बक्का रह गया क्योंकि उसकी शक्ल इस आदमी के चचेरे भाई से हूबहू मिलती थी। उसका चचेरा भाई मध्य प्रशांत महासागर के एक द्वीप में मर चुका था, इसलिए स्वाभाविक है, वह तो होगा नहीं; किन्तु कुछ भी हो, भाई की याद थोड़ी देर के लिए उसे तरोताजा कर गई।

"उधर बैठे लोग अक्सर यहाँ आया करते हैं।" उस व्यक्ति ने बताया।

उन लोगों को भी जब इस आदमी ने ध्यान से देखा तो लगा कि कहीं न कहीं उनसे भी वह पहले मिल चुका है। लेकिन कहाँ और कब मिला, यह उसे याद न आया।

"रातें भी कितनी विचित्र होती हैं! उनके चेहरे से पहले भी मिलने का आभास होना... आखिर मामला क्या है..." आदमी को अपनी आँखों पर शक हुआ।

इसी बीच उस व्यक्ति ने उधर बैठे लोगों का अभिवादन किया। फिर

'अभी आता हूँ' कहते हुए उधर चला गया।

आदमी मैंडोलिन का मधुर संगीत ध्यान से सुनने लगा। क्या सुरीली धुन है! संगीत सुनते हुए उसे बहुत समय पहले की एक घटना याद आ गई। वह दुःखी हो गया। आखिर कौन यह धुन बजा रहा है, यह जानने के लिए वह आदमी बेचैन हो उठा।

अचानक मैंडोलिन की धुन बजनी बंद हो गई।

उसी वक्त एक जवान औरत प्रकट हुई। वह हँसते हुए उस आदमी की ओर बढ़ी।

"तुम मुझे भूल गये ना?" औरत उस आदमी के सामने आकर बैठ गई।

"मैं जब भी मैंडोलिन बजाया करती थी तो तुम मेरी खिड़की के नीचे से गुजरकर स्कूल जाते थे। एक दिन अचानक बारिश होने लगी और तुम काफी परेशानी में पड़ गए। मैंने तुम्हें अपना छाता दिया था। कुछ दिन बाद उसके बदले में तुमने मुझे एक प्यारी-सी किताब लाकर दी। उस किताब में ढेर सारी खूबसूरत तस्वीरें थीं। पुरानी दंत-कथाएँ, कविताएँ एवं बच्चों के गीत वगैरह उसमें लिखे थे, परन्तु चूँकि वे विदेशी भाषा में थे इसलिए उन्हें पढ़ना मेरे लिए नामुमकिन था। पर हाँ, मैं उन सुन्दर चित्रों को निहारती रहती थी। तुमने यह भी बताया था कि चूंकि वह बहुत पुराने जमाने की किताब है इसलिए उसके शब्दों के अर्थ किसी कोश में मुश्किल से ही मिलेंगे। इसलिए उसका अनुवाद करना भी मुश्किल था। अभी भी उन चित्रों में जंगल में पनचक्की का चलना, खिले सफेद फूल और उड़ती लाल चिड़ियों के चित्र मेरी आँखों के सामने घूमते हैं...।"

आदमी को औरत की बातें सुनते-सुनते करीबन दस साल पहले की एक घटना याद आ गई, परन्तु वह हैरान था कि भला आज क्यों उसे भूली हुई बातें याद आ रही हैं?

"मैं बिलकुल भूल गया था। तुम्हारी बातें शत-प्रतिशत सही हैं। मुझे अब याद आ रहा है वह वक्त।" यह कहते हुए वह बीते दिनों की मधुर-स्मृति में खो गया।

"मैं कभी-कभी यहाँ आती हूँ। आज रात काफी हो चली है,

इसलिए अब चलती हूँ। मेरी गाड़ी भी मुझे लेने आ गई है, इसलिए क्षमा चाहती हूँ। फिर कभी मिलूँगी।'' कहते हुए वह औरत बाहर चली गई।

साढ़े बारह बज चुके थे। सब लौटने की तैयारी करने लगे। आदमी भी उस व्यक्ति के साथ बाहर निकला।

''क्या कॉफी-हाउस उम्दा नहीं था? क्या तुम्हें पसन्द नहीं आया?'' उस व्यक्ति ने पूछा।

''काफी हाउस तसल्ली-पसंद जगह है। अद्‌भुत बात यह है कि मुझे पुराने परिचित लोगों से मिलकर तरह-तरह की बातें याद आ गईं।'' आदमी ने जवाब दिया।

दोनों धुँधली चाँदनी रात के साए में बातें करते हुए चौराहे तक आ पहुँचे। तभी वह व्यक्ति बोला, ''मेरा घर यहाँ से तीसरे मकान के कोने में है। कभी आइएगा।''

इस आदमी को भी उसी घर के सामने से गुजरना था, इसलिए उस व्यक्ति को उसने रुक कर विदा किया। सफेद फाटक का घर था वह। वह व्यक्ति फाटक से घर के अन्दर चला गया।

वह आदमी भी अपने घर लौट आया।

कुछ दिनों बाद, एक रात, आदमी को उसी कॉफी हाउस जाने की इच्छा हुई। हरे रंग का पर्दा लटका कॉफी हाउस उसकी आँखों के सामने घूमने लगा। व्याकुल हो वह तुरन्त वहाँ जाने के लिए निकल पड़ा। यकीनन वह उसी रास्ते से गया परन्तु न मालूम क्यों उसे वह कॉफी हाउस आज कहीं नज़र न आया।

आदमी कई बार उसी जगह के चक्कर लगाता रहा किन्तु आश्चर्य कि हरे रंग के पर्दे के कॉफी हाउस का कहीं अता-पता न था।

'उस व्यक्ति का घर?'

आदमी ने इस बार उस व्यक्ति का घर ढूँढा; किन्तु, वह घर भी कहीं नज़र न आया। चौराहे पर जाकर वह एक-एक मकान गिनता गया परन्तु वहाँ सफेद फाटक के घर का नामोनिशान तक न था।

आदमी ने पड़ोसियों से पूछा।

''इधर कहीं ऐसा घर नहीं है, जिसका फाटक सफेद हो।'' लोगों

ने जवाब दिया।

वह आदमी जब भी दोस्तों या परिवार वालों से इस बात का जिक्र करता है तो कोई भी उसकी बातों पर विश्वास नहीं करता। सभी हँसते-हँसते कहते, "लगता है, कोई सपना देखा है तुमने!"

उनींदा शहर

मूल शीर्षक : नेमुईमाची, 1915

स्रोत : निहोन मोसो बुनगाकु शूसेई

13, ओगावा मिमेई, कोकुशो कानकोकाइ, 1992

इस लड़के का नाम तो मुझे पता नहीं, फिर भी थोड़ी देर के लिए मैं इसका नाम 'के' रख देता हूँ।

एक दिन 'के' इस दुनिया की सैर करते-करते एक ऐसे विचित्र शहर पहुँच गया, जो 'उनींदा शहर' के नाम से जाना जाता था। रौनक नाम की तो कोई भी चीज नहीं थी यहाँ। कहीं से एक चूँ तक आवाज़ नहीं आती थी। बस, यूँ समझिए कि एकदम खामोश और निर्जीव शहर था यह। इमारतें थीं, मगर बिलकुल पुरानी और टूटी-फूटी।

कहीं से धुआँ निकलता नहीं दिख रहा था। दिखता भी कैसे? कारखाने तो थे नहीं वहाँ। शहर पूरी तरह शिथिल, मानो समतल जमीन के ऊपर औंधे मुँह गिरा पड़ा हो।

आखिरकार इस शहर की यह हालत कैसे हुई? क्यों इसका नाम 'उनींदा शहर' पड़ा?

दरअसल, इस शहर में आने वाला हर व्यक्ति यहाँ पहुँचते ही खुद-ब-खुद थककर सो जाता था। दिनभर इधर-उधर आने-जाने वाले यात्री अगर भूले-भटके भी इधर आ गए तो तुरन्त उनको थकान महसूस

होने लगती। थोड़ी देर आराम करने के खयाल से पेड़ों की छाया में या पत्थरों के ऊपर सुस्ताने बैठते नहीं कि उनको नींद के झोंके आने लगते। बस, पलक झपकते ही वे गहरी नींद में डूब जाते। मुश्किल से जब उनकी नींद खुलती तो दिन कब का ढल चुका होता। वे घबराहट से उठ खड़े होते और तेज डग भरते हुए अपनी यात्रा में निकल पड़ते। इस तरह यह सिलसिला चलता रहता। न मालूम किसने और कैसे फैलाई, परन्तु यह खबर चारों ओर फैल गई। इसीलिए यात्री-गण इस शहर में कदम रखना तो दूर, पास गुजरने से भी डरते थे। भले ही रास्ता लम्बा हो जाए, इस शहर से बच निकलने में ही वे अपनी भलाई समझते थे।

लोगों को भयभीत करने वाले इस अनोखे शहर को 'के' भी देखना चाहता था। लोगों के अन्दर दहशत फैलाने वाले इस शहर का ज़ायजा वह स्वयं करना चाहता था, तो लीजिए जनाब, एक कुतूहल और निश्चय अपने दिल में सँजोए वह आ ही धमका इस 'उनींदा शहर' में। उसने निश्चय कर रखा था कि चाहे कितनी ही नींद क्यों न आए, वह नहीं सोएगा।

[2]

हाँ, सच ही तो था लोगों का कहना, बिलकुल बीभत्स शहर था वह। चारों ओर श्मशान जैसा सन्नाटा था वहाँ।

दिन में भी रात जैसी खामोशी। धुआँ भी कहीं से निकलता नजर नहीं आ रहा था। वहाँ कोई देखने लायक चीज भी न थी। सभी घरों के दरवाजे बंद थे। कुल मिलाकर, एक शांत और निर्जीव शहर था वह।

'के' एक पीले रंग की टूटी दीवार के साथ चल रहा था। बीच-बीच में वह टूटे दरवाजों के छेदों से अन्दर झाँकने की कोशिश करता, परन्तु घर के अन्दर लोग हैं या नहीं, पता न लगता था। कभी-कभी एक मरियल-सा लड़खड़ाता हुआ कुत्ता शहर में भटकते हुए दिख जाता था। 'जरूर वह यात्रियों के साथ चला आया होगा और मालिक को इस शहर में खो दिया होगा। इसीलिए ऐसी हालत में घूम रहा है।' 'के' इस अजूबे शहर

की छानबीन कर ही रहा था कि न मालूम कब उसका शरीर थकने लगा।

"यह क्या, मैं तो थकने लगा! ऐसे काम नहीं चलेगा। मुझे हिम्मत से नींद का मुकाबला करना होगा।" कहकर उसने अपना हौसला बढ़ाया, किन्तु जैसे किसी ने उसे बेहोशी की दवा सुँघा दी हो, उसका बदन तेजी के साथ सुस्त पड़ने लगा। फिर नींद ने उसे इस तरह आ दबोचा कि वह जमीन पर वहीं लेट, बेखबर ज़ोर-ज़ोर से खर्राटे भरने लगा।

[3]

काफी देर तक सोने के बाद 'के' को लगा, जैसे कोई उसे झकझोरकर उठा रहा है। वह आँखें मलते हुए उठ खड़ा हुआ। दिन पूरी तरह ढल चुका था और चारों ओर चन्द्रमा की शीतल किरणों का साम्राज्य फैला हुआ था।

"कितना बजा होगा? ओह, मैंने यह क्या कर डाला! चाहे कितनी ही नींद क्यों न आती, मुझे तो बर्दाश्त करना चाहिए था।"

'के' ने अपने-आपको बहुत धिक्कारा लेकिन यह तो वही बात हुई कि अब पछताए होत क्या...

उसने गिरी हुई टोपी को उठाकर पहन लिया। उसने चारों ओर नज़र दौड़ाई तो देखा कि उसके पास एक बुजुर्ग बड़ा-सा झोला कंधे पर लटकाए खड़ा था। 'के' समझ गया कि उसे झकझोरकर उठाने वाला यही बुजुर्ग था।

उसने बुजुर्ग की ओर कदम बढ़ाए। चन्द्रमा की रोशनी में 'के' ने गौर से जब देखा तो पाया कि बूढ़े के कपड़े फटे पुराने थे और उसने घिसे-पिटे जूते पहने हुए थे। सफेद लम्बी दाढ़ी से उसकी उम्र बहुत अधिक प्रतीत हो रही थी।

"तुम कौन हो बाबा?" 'के' ने हिम्मत से पूछा।

बुजुर्ग पैर घसीटता हुआ 'के' की तरफ आया और कहा, "मैं हूँ तुम्हें उठाने वाला। मेरी तुमसे एक विनती है। मैं इस 'उनींदा शहर' का निर्माणकर्ता हूँ। मालिक हूँ इस शहर का। परन्तु जैसा कि तुम देख ही रहे हो, मैं काफी बूढ़ा हो चला हूँ, इसलिए मेरी तुमसे एक प्रार्थना है।

क्या तुम मेरी विनती सुनोगे?''

'बुजुर्ग की विनती न सुनना तो जवान को शोभा नहीं देता', यह सोच 'के' ने बुजुर्ग को विश्वास दिलाते हुए कहा, ''काम अगर मेरे लायक होगा तो मैं जरूर करूँगा।''

बूढ़ा व्यक्ति लड़के की बातों से अत्यंत प्रसन्न हो उठा।

''बस, अब मुझे इत्मीनान हो गया। चलो, अब मैं तुम्हें अपने बारे में बताता हूँ। मैं इस दुनिया में बहुत पहले से रहता चला आया हूँ, लेकिन कहीं से नए मनुष्य आकर मेरी इस धरती को हड़प गए। मेरी जमीन पर उन्होंने रेल-पटरी बिछाई, भाप-इंजन चलाए और तारों का जाल बिछाया। अगर यह सिलसिला इस तरह जारी रहा तो इस धरती के ऊपर न तो कोई पेड़ रहेगा और न ही कोई फूल। मैं सदियों से खूबसूरत पहाड़ों, जंगलों और फूल खिले इन मैदानों को प्यार करता चला आया हूँ। आजकल के मनुष्यों के लिए आराम जैसी कोई चीज नहीं। इनको अगर थकान महसूस न हो तो देखते-देखते वे इस धरती को एक रेगिस्तान में परिवर्तित कर देंगे। मैं थकान के रेगिस्तान से 'थकान की रेत' झोले में लेता आया। झोले को कंधे से लटकाए, हरेक वस्तु पर इसको थोड़ा छिड़क देता हूँ। ऐसा करने से वह वस्तु या तो सड़ जाती है या उस पर जंग लग जाती है; और फिर वहीं स्थिर होकर रह जाती है। झोले में से आधा रेत मैं तुम्हें दे देता हूँ। तुम जहाँ कहीं भी जाओ, इसमें से थोड़ा-सा रेत हर जगह छिड़कते रहना। बस, मेरी यही विनती है तुमसे।'' बुजुर्ग ने 'के' से गुज़ारिश की।

[4]

लड़का बूढ़े-बाबा की विचित्र प्रार्थना का पालन करने को विवश हो गया। वह झोले को कंधे से लटकाए इस धरती का भ्रमण करने लगा। एक दिन, जब वह आल्प्स पर्वत के बीच घूम रहा था तो वहाँ के खूबसूरत दृश्य उसे अत्यंत मनोहर लगे; परन्तु उसने देखा कि हजारों मजदूर वहाँ खुदाई में तल्लीन थे। वर्षों पुराने बड़े-बड़े पेड़ों को वे काटे जा रहे थे। सुन्दर चट्टानों को डायनामाइट से तोड़, रेल-मार्ग बना रहे मजदूरों को

देख लड़के को निराशा हुई। उसने झोले के अन्दर से रेत निकाल रेल-मार्ग पर छिड़क दी। चुटकी बजाते ही सफेद चमकती रेल ऐसे लाल दिखने लगी मानो वर्षों से उस पर जंग लगी हो...।

घूमते-घूमते 'के' एक फलते-फूलते और भीड़-भाड़ वाले शहर में चला आया। तभी अचानक एक गाड़ी ने एक छोटे बच्चे को टक्कर मारकर दूसरी ओर उछाल फेंका। वह बच्चा मरते-मरते बचा। चालक वहाँ से भागने की कोशिश कर ही रहा था कि 'के' ने झोले से रेत निकाल उस पर छिड़क दी। बस, वाहन वहीं रुक गया। तभी लोगों का झुण्ड वहाँ आ पहुँचा और उस असभ्य एवं असावधान गाड़ीचालक को आ दबोचा।

कुछ दिन बाद, 'के' एक ऐसी सड़क से गुजरा जहाँ सिविल इंजीनियरी का काम चल रहा था। मजदूर थक कर चूर, पसीना बहाए जा रहे थे। उनके प्रति 'के' के दिल में सहानुभूति पैदा हो आई और उसने थोड़ा-सा रेत उनके निरीक्षक के ऊपर छिड़क दिया। निरीक्षक को पलक झपकते ही नींद आने लगी। निरीक्षक ने झट से मजदूरों को आदेश दिया, "अच्छा, अब थोड़ी देर के लिए तुम लोग भी आराम कर लो।" धूप से बचने के लिए उसने वहाँ रखी टोपी सिर पर रख खर्र-खर्र खर्राटे भरने लगा।

'के' ने रेल और स्टीमर में सवारी की और लोहे की फैक्टरी भी गया। वह जहाँ तक जा सका, रेत छिड़कता चला गया। आखिरकार रेत भी खत्म हो गई।

'रेत खत्म होने पर दुबारा इस 'उनींदा शहर' में लौट आना। तुमको मैं यहाँ का शहजादा बना दूँगा।' 'के' के दिमाग में बूढ़े-बाबा के शब्द गूँजने लगे और वह 'उनींदा शहर' की ओर रवाना हो गया।

बहुत दिन यात्रा करने के बाद वह वहाँ पहुँचा। लेकिन सलेटी रंग की पुरानी इमारतों का वहाँ कहीं नामो-निशान न था। उनकी जगह पर बड़ी-बड़ी नई इमारतें चारों ओर दिख रही थीं। आसमान धुएँ से भरा था और कारखानों से अत्यंत भयंकर ध्वनि आ रही थी। बिजली के तार मकड़ी के जाल की तरह फैले थे। पूरे शहर में रेल चारों ओर दौड़ रही थी।

हक्का-बक्का हो, लड़के के मुँह से आवाज तक न निकली और वह आँखें फाड़े इन दृश्यों को बस देखता रहा।

मियाजावा केन्जी

(1896-1933)

मियाजावा केन्जी हमेशा एक छोटी-सी डायरी, एक पतले धागे से बाँध, गर्दन से लटकाए रहते थे। सफर हो या सैर-सपाटा, उनकी निगाहें कुछ ऐसा ढूँढ़ ही लेतीं जिसे वह फौरन अपनी डायरी में लिख डालते। परन्तु इन डायरियों को सँभाल कर रखना इनकी आदत न थी। वह हमेशा इन्हें फाड़कर फेंक देते थे। इनके मरने के पश्चात् एक डायरी, संयोग से हाथ लग ही गई जिसमें एक कविता पढ़ने को मिली।

'आमे नी मो माकेजु, काजे नी मो माकेजु...' (चाहे बारिश हो या तूफान, मैं हिम्मत न हारूँगा...)

इन्हें प्रकृति से बड़ा प्यार था। इसलिए ये हमेशा पहाड़ों, जंगलों, गाँवों, खेत-खलिहानों में घूमते रहते।

मियाजावा केन्जी का जन्म सन् 1896 में इवाते प्रांत के हानामाकी शहर में हुआ। पिता सेइजिरो और माँ इचि के ये ज्येष्ठ पुत्र थे। इनके पिता जाने-माने साहूकार थे। छोटी बहन तोशी से काफी लगाव था। बहन की बीमारी की वजह से कुछ समय के लिए इन्हें घर पर रहना पड़ा और मजबूरन अपनी इच्छा के विरुद्ध पुश्तैनी धंधे में भी हाथ बँटाना पड़ा। सन् 1921 में हानामाकी कृषि विद्यालय में इन्हें शिक्षक की नौकरी मिली। सन् 1922 में बहन तोशी की मृत्यु से काफी गहरा सदमा पहुँचा। सन् 1924 में इन्होंने 'हारु तो शुरा' कवितासंग्रह एवं 'च्यूमोन नो ओइ र्योरितेन' (अनन्त फरमाइशों का भोजनालय), को निजी खर्चे से प्रकाशित किया।

पिता साहूकार थे इसलिए बचपन से ही इन्हें गरीबों को काफी नजदीक से देखने का मौका मिला। संपन्न घर से संबंध रखने के बावजूद, गरीब किसानों की पीड़ा इनसे देखी न जाती। फसल को अधिक ठंड से होने वाला नुकसान और सूखे से पीड़ित किसानों को अक्सर साहूकार के यहाँ

चक्कर लगाने ही पड़ते थे। ये हमेशा सोचते: 'आखिर इतनी मेहनत करने से भी ये लोग गरीब क्यों हैं? किसानों की मासूमियत, निष्ठा और ईमानदारी से भरी जिन्दगी से प्रभावित थे इसलिए केन्जी इनके लिए कुछ करना चाहते थे। सन् 1926 में इन्होंने कृषि विद्यालय की नौकरी छोड़ अपना पूरा समय कृषि और किसानों के उत्थान में लगाने का संकल्प किया। इसी उद्देश्य से इनके द्वारा गाँव-गाँव में मुफ्त के 'कृषि उर्वरक कार्यालय' खोले गए। लगभग दो हजार पुस्तकें भी कृषि से संबंधित इन्होंने लिखीं। ये घूम-घूम कर किसानों की परेशानियाँ सुनते और सलाह देते रहते। संक्षिप्त में कहा जाय तो केन्जी ने कृषि और किसानों के लिए अपने-आपको पूरा समर्पित कर दिया। ऐसे ही हालात में सन् 1928 में निमोनिया ने घेर लिया। यह बीमारी धीरे-धीरे भयंकर रुख अख्तियार करती गई और अंतत: केन्जी ने बिस्तर पकड़ लिया। बीमार अवस्था में बिस्तर पर लेटे-लेटे इन्होंने अपनी डायरी में 'आमे नी मो माकेजू...बारिश से हिम्मत न हारूँगा...' कविता लिखी। सन् 1933 में इनका स्वर्गवास हो गया।

इनकी रचनाओं में प्रकृति और जानवरों का मनुष्यों से ताल-मेल और सद्भाव से रहने का संदेश देखने को मिलता है। ये रचनाएँ काल्पनिक दुनिया की सैर कराते हुए भी वास्तविक प्रतीत होती हैं।

इनकी अन्य मुख्य रचनाएँ हैं : 'गिन्गातेत्सुदो नो योरू' (आकाश गंगा लाइन की रात, 1931-1932), 'सेरो हिकी नो गोश' (वायलिन बजाता गोश, 1931-32)

सन् 1914 से बौद्ध-धर्म के निचिरेन समुदाय, 'म्योहो-रेंगेइक्यो' के प्रति इनकी रुचि बढ़ती गई। इसीलिए इनकी रचनाओं में भी बौद्ध-धर्म की झलकियाँ देखने को मिलती हैं।

अनन्त फ़रमाइशों का भोजनालय

मूल शीर्षक : चूमोन नो ओइ र्योरितेन
स्रोत : शोनेन शोजो निहोन बुनगाकुकान 10
कोदांशा, 1986, पृष्ठ 89–107

दो नौजवान सिर से पाँव तक अंग्रेज सैनिकों की वेश में चमकती बंदूक कंधे पर लटकाए, सफ़ेद भालुओं जैसे दो कुत्तों को साथ लिए दूर पहाड़ों के बीच आपस में बातें कर रहे थे। पत्तों की सरसराहट और उनकी आवाज़ के अलावा वहाँ शान्ति का वातावरण छाया हुआ था।

"ये पहाड़ बिलकुल उजाड़ हैं। किसी जंगली जानवर या चिड़िया को मारने से यहाँ कोई प्रतिकूल प्रभाव तो पड़ने वाला नहीं, इसलिए मेरा मन बेझिझक दनादन शिकार करने को बेताब है।"

"हाँ, हिरन के पीले पेट पर दो-तीन वार के बाद उसे चक्कर खाकर धड़ाम से जमीन पर गिरते देख कितना रोमांचक लगेगा! है न?"

बहुत ही अन्दर जाकर स्थित था यह पहाड़। मार्गदर्शक के रूप में आया पेशावर शिकारी भी कहीं और चला गया था। शायद कहीं भटक न गया हो! कुछ ऐसा ही भटका देने वाला था यह पहाड़ी रास्ता।

अचानक भालू की शक्ल के दोनों कुत्तों को एक साथ भयंकर चक्कर आया। थोड़ी देर कराहने के बाद उनके मुँह से झाग निकलने लगा और दोनों वहीं पस्त हो गए।

"मेरा तो दो हजार चार सौ येन का नुकसान हो गया..." एक नौजवान ने कुत्ते की पलकों का मुआयना करते हुए कहा।

"और मेरा दो हज़ार आठ सौ येन का।" दूसरे ने दुःखी होकर सिर नीचे झुकाए हुए कहा।

पहले ने अपना रुख बदलते हुए मित्र को एकटक देखते हुए कहा, "मैं तो लौटने की सोच रहा हूँ।"

"ठीक कहा, मुझे तो अब ठण्ड भी लगने लगी है और साथ में भूख भी। इसलिए मैं भी वापस जाने के पक्ष में हूँ।"

"तो फिर चलो, यहीं पर काम खत्म करते हैं। वापसी में कल वाले यात्री-निवास से दस येन में जंगली चिड़िया खरीदते हुए चलेंगे तो बेहतर रहेगा।"

"खरगोश भी तो था न? ऐसा करने से बात तो वही हो जाएगी। तो चलो, चलते हैं।"

परन्तु समस्या यह आ खड़ी हुई कि वापस लौटें तो कैसे? रास्ते का सुराग तक मिलना मुश्किल था।

एक तेज़ हवा का झोंका आया और उसके साथ घास की सरसराहट, पेड़ों के पत्तों की चरमराहट सुनाई देने लगी।

"बहुत भूख लग रही है। कुछ देर से मेरे पेट की दायीं ओर असहनीय दर्द हो रहा है।"

"मेरी हालत भी वैसी ही है। अब और चलना भी नहीं चाहता।"

"मैं भी चलना नहीं चाहता। भूख के मारे बेहाल मैं कुछ खाना चाहता हूँ।"

"हाँ, मैं भी।"

इस तरह दोनों आपस में एक दूसरे को अपनी बिगड़ती हालत बता रहे थे।

उसी वक्त अचानक उन्होंने जब मुड़कर पीछे देखा तो पाया, वहाँ एक यूरोपीय ढाँचे का घर था। उसके द्वार पर एक तख्ती लटक रही थी जिस पर लिखा था–**रेस्टोरेन्ट : वाइल्ड कैट हाउस!**

"देखा दोस्त, ठीक सही समय पर यहाँ एक भोजनालय खुला हुआ है। अंदर चलें?"

"क्यों, इस जगह पर इसका होना एक विचित्र बात नहीं लगती? परन्तु चलो, पहले यह देखें कि यहाँ कुछ खाने को मिलेगा भी या नहीं।"

"जरूर मिलेगा। तख्ती पर लिखा नहीं है क्या?"

"तो फिर देर काहे की? चलो, अन्दर। मेरी तो भूख के मारे जान निकलने को आ रही है।"

दोनों प्रवेश-द्वार के सामने खड़े हो गए। भव्य मुख्य-द्वार सेतो की सफेद मिट्टी के ईंटों से बना था। उसके बाद शीशे का कब्जेदार दरवाजा था जिस पर सुनहरे अक्षरों में लिखा था: 'सभी आमंत्रित हैं। बेझिझक अन्दर आइए।'

यह देख दोनों काफी खुश हो बोले, "यह भी अजीब बात है। वास्तव में लगता है कि इस संसार में अभी भी अच्छाई शेष है। देखो न, आज दिन-भर तो मुसीबतों से घिरे रहे और अब ऐसी अच्छी जगह मिल गई। दरअसल यह घर एक भोजनालय है परन्तु मुफ्त खाना मिलेगा क्या?"

"हाँ, लगता तो कुछ ऐसा ही है। 'बेझिझक' का मतलब तो यही है।"

दोनों दरवाज़ा धकेलते हुए अन्दर घुसे। वहाँ एक बरामदा था, जहाँ शीशे के दरवाजे पर सुनहरे अक्षरों में लिखा था : 'यहाँ मोटे और पतले दोनों तरह के लोगों का सहृदय स्वागत है।'

"सहृदय स्वागत!" दोनों की खुशी का ठिकाना न रहा।

"अरे देखा तुमने, हम ही वे लोग हैं जिनका सहृदय स्वागत है।"

"क्योंकि हम दोनों ही इस प्रकार के हैं।"

खुशी से उछलते वे बरामदे से आगे बढ़े कि एक और दरवाजा सामने आया जो पानी के रंग से रँगा था।

"बहुत ही अद्‌भुत घर है। इतने सारे दरवाजे? क्या कारण होगा?"

"यह रूसी शैली का घर है। ठण्डी जगह या पहाड़ों पर लगभग ऐसा ही होता है।"

दोनों दरवाजा खोलने को ही थे कि उन्होंने देखा, ऊपर पीले रंग के अक्षरों में लिखा था: 'आपकी जानकारी के लिए हम यह बता दें

कि यह अनन्त फरमाइशों का भोजनालय है।'

"फिर तो बहुत ही लोकप्रिय और भीड़-भाड़ वाला लगता है, उजाड़ पहाड़ पर होते हुए भी!"

"सो तो है। देखा नहीं, तोक्यो के बड़े भोजनालय भी मुख्य सड़क पर कम ही मिलते हैं।" कहते हुए दोनों ने दरवाजा खोला।

दरवाजे के पीछे फिर कुछ लिखा था: 'फरमाइशें बहुत होंगी इसलिए आपसे अनुरोध है कि सब्र के साथ पेश आएँ।'

"आखिर क्या मतलब है इसका?" एक ने भौंहें चढ़ाईं।

"अरे, इसका मतलब जरूर यह होगा कि लोगों की फरमाइशें अत्यधिक होने की वजह से आदेशानुसार भोजन तैयार करने में समय लग सकता है। इसलिए कहते हैं कि हमें माफ कीजिए।"

"हाँ, यही होगा। परन्तु जल्दी से किसी कमरे के अन्दर जाने की इच्छा हो रही है।"

"और टेबल-कुर्सी पर बैठने की भी।"

किन्तु मुसीबत यह थी कि फिर एक दरवाजा था और उसके एक ओर शीशा लगा था। शीशे के नीचे हैन्डल वाला एक लम्बा ब्रुश रखा था। दरवाजे पर लाल अक्षरों में लिखा था: 'प्रिय ग्राहको! आपसे गुजारिश है कि कृपया यहाँ पर बालों को ठीक से सँवारें और जूतों की मिट्टी झाड़ें।'

"यह सब बेवजह नहीं है।"

"यह कोई साधारण भोजनालय नहीं लगता। मैं तो थोड़ी देर पहले मुख्य द्वार पर यह सोच रहा था कि पहाड़ पर है इसलिए कोई खास बात नहीं होगी इसमें।"

"शिष्टाचार पर बड़ी सख्ती है यहाँ। लगता है, यहाँ जरूर बड़े लोगों का आगमन होता रहता है।"

दोनों ने बाल सँवारे और जूतों की मिट्टी झाड़ी।

उसके उपरान्त क्या हुआ, ज़रा गौर कीजिए। ब्रुश को तख्ते पर रखना था कि अचानक धुँधला होते-होते वह आँखों से ओझल हो गया और तुरन्त हवा का एक भारी झोंका कमरे के अन्दर आया। दोनों हक्के-बक्के हो एक दूसरे से चिपटे जल्दी से दरवाजा खोल अगले

कमरे में प्रवेश किए।

वे अब यही सोच रहे थे कि जल्दी से कोई गर्म चीज़ खाकर ताकत बटोरें, नहीं तो आसमान गिर पड़ेगा।

दरवाजे के पीछे फिर एक अजीबोगरीब निर्देश था: 'अपनी बंदूक और गोलियाँ यहीं पर रख दीजिए।''

वहाँ एक ओर इसके लिए एक काला स्टैण्ड भी रखा हुआ था।

''अवश्य ही, बन्दूक के साथ खाने का रिवाज नहीं है यहाँ!''

''कहने की जरूरत नहीं कि यहाँ अक्सर बहुत ही बड़े लोगों का आना-जाना है।''

दोनों ने बन्दूकें रखीं। कारतूस की पट्टी खोली और स्टैण्ड पर रख दी।

अब इस बार एक काला दरवाजा था, जहाँ एक तख्ती पर यह निर्देश था: 'कृपा करके अपनी टोपी, ओवरकोट और जूते निकाल दीजिए।'

''क्या विचार है? निकालें?''

''कोई चारा नहीं, निकालो। सचमुच काफी बड़े महापुरुष हैं अन्दर आए हुए।''

दोनों ने टोपी, ओवरकोट को कील पर टाँगा। जूते निकाले और पैर पटकते हुए दरवाजे के अन्दर प्रवेश किए।

'टाइपिन, बाँह के बटन, चश्मे, पर्स और उसके अलावा धातु से बनी सभी वस्तुएँ, खासतौर पर पैनी चीजें यहाँ पर रख दीजिए।' दरवाजे के पीछे एक और निर्देश था। उसके ठीक एक तरफ काले रंग में रँगी एक बड़ी तिजोरी खुली रखी हुई थी। उस पर चाबी तक लटकी थी।

''ओह, लगता है, किसी पकवान को बिजली के प्रयोग से बनाया जाता है। इसीलिए शायद धातु की बनी चीजें खतरनाक साबित हो सकती हैं। खासतौर पर नुकीली चीजें।''

''हाँ, ऐसा ही कुछ लगता है, तो क्या खाने का भुगतान भी वापसी में यहीं पर करना होगा?''

''ऐसा ही लगता है।''

''हाँ, ऐसा ही है, जरूर।''

दोनों ने चश्मे, बटन वगैरह सभी धातु की चीजों को उतार तिजोरी

में रखा और ठीक से ताला लगाया।

वे आगे बढ़े तो फिर एक और दरवाजा मिला। उसके सामने शीशे का मर्तबान रखा हुआ था। दरवाजे पर लिखा था: 'मर्तबान के अन्दर की क्रीम को चेहरे और हाथ-पाँव पर पूरी तरह मलिए।'

गौर किया तो मर्तबान के अन्दर सचमुच दूध की क्रीम थी।

''क्रीम को मलने का क्या मतलब?''

''बाहर बहुत ठण्ड है और त्वचा का सूख कर फटने का डर। यह त्वचा को बचाने का उपाय लगता है। अन्दर अत्यंत महान हस्तियाँ विराजमान हैं! इस तरह हम अनपेक्षित ही कुलीन-वर्ग से जान-पहचान भी कर सकेंगे शायद।''

दोनों मर्तबान की क्रीम को चेहरे, हाथ और जुराब निकालकर पैरों में मल दिए। उसके बावजूद क्रीम बच गई थी इसलिए दोनों ने एक दूसरे की आँख बचा चुपके से मुँह पर लगाने का नाटक करते हुए खा भी डाली।

तत्पश्चात् हड़बड़ी में दरवाजा खोला तो फिर एक निर्देश पाया: 'क्रीम पूरी तरह लगा ली है क्या? कान में भी ठीक से लगी है क्या?' वहाँ एक छोटा-सा क्रीम का मर्तबान रखा हुआ था।

''हाँ, याद आया। मैंने तो कान पर लगाई ही नहीं। मैं तो कान ही फटवा डालता। यहाँ का मालिक सचमुच हर छोटी चीज का ध्यान रखता है।''

''हाँ, देखो न, छोटी-छोटी बातों पर इतना विस्तार से ध्यान दिया जा रहा है। फिलहाल मैं जल्दी से कुछ खाना चाहता हूँ; परन्तु लाचारी इस बात की है कि इतना अधिक अन्दर आने के बावजूद हर ओर दरवाजे ही दरवाजे हैं!''

फिर ठीक वहीं सामने एक दरवाजा था।

'भोजन जल्दी ही तैयार हो जाएगा। पन्द्रह मिनट भी इन्तजार नहीं करना पड़ेगा। तुरन्त खा सकते हो। अभी इसी वक्त अपने सिर पर बोतल के अन्दर का इत्र छिड़किए।' दरवाजे के सामने सुनहरा चमकने वाला इत्र बोतल के अन्दर रखा था।

'पुच-पुच !' दोनों ने इत्र को अपने सिर पर छिड़का।

"परन्तु इत्र से तो सिरके जैसी महक आ रही है!"

"हाँ, ठीक कहा। ऐसा क्यों?"

"शायद कोई गलती हुई है नौकरानी से। जरूर जुकाम लगी होगी। इसीलिए तो ऐसी गलती कर बैठी!"

दोनों दरवाजा खोल अन्दर घुसे। दरवाजे के पीछे बड़े अक्षरों में लिखा था:

'तरह-तरह की फरमाइशें थीं, इसलिए तकलीफ हुई होगी। जाहिर है, बहुत दयनीय हालत होगी आप लोगों की। बस, अब यही बचा है। किसी तरह पूरे शरीर में मर्तबान के अन्दर रखे नमक को अच्छी तरह बदन पर मल दीजिए।'

वाकई, एक शानदार नीले रंग के जार में सेतो का नमक रखा हुआ था। एक के बाद एक फरमाइशों से भयभीत हो क्रीम भरपूर लगाए चेहरे से दोनों ने एक-दूसरे को देखा।

"दाल में कुछ काला लगता है!"

"मुझे भी कोई करामात लगती है।"

"अधिक फरमाइशों का मतलब यह निकला कि वे लोग हमसे फरमाइशें करेंगे?"

"लगता है, यूरोपीय-भोजनालय का मतलब भोजन मेहमानों को खिलाना नहीं बल्कि आए मेहमानों का यूरोपीय भोजन बनाकर खाना हुआ। इसका, अ.... अ.... अ.... अर्थात् ... ह....ह....ह.... मा....रा.... हमारा..." थर-थर काँपने के कारण दोनों के मुँह से शब्द नहीं निकल पाए।

"तो, ह... हम... मारे गए!"

थरथराते काँपते उनकी घिग्घी बँध गई।

"भागो....." थरथराते हुए एक ने पीछे के दरवाजे को धक्का दिया, परन्तु यह क्या, दरवाजा तो टस से मस न हुआ!

दूर कोने में एक और दरवाजा था। उस पर चाबी-छिद्र की आकृति में रजत रंग के दो छिद्र, छुरी-काँटे बने थे, उस पर लिखा था:

'आप लोगों ने इतनी तकलीफ उठाई, उसके लिए धन्यवाद। आप लोग फरमाइशों पर खरे उतरे। अब देरी किस बात की! जल्दी से अन्दर

घुस जाइए।'

चाबी-छिद्रों से दो नीले नेत्र-गोलक बेचैनी से इधर की ओर घूर रहे थे।

"अरे बाप रे!"

"अरे बाप रे!" कँपकँपाते और थरथराते दोनों रोने लगे।

तभी दरवाजे के अन्दर फुसफुसाहट हुई, "सब खेल बिगड़ गया। अब तो सब पता चल गया। लगता है, अब वे नमक नहीं मलेंगे।"

"जाहिर-सी बात है। मालिक के लिखने का तरीका भी ठीक नहीं। वहाँ पर बेवकूफी की बात नहीं लिखी थी कि तरह-तरह की फरमाइशों से तकलीफ उठानी पड़ी होगी और बहुत ही दयनीय हालत होगी आप लोगों की?"

"अब कुछ भी हो, हमारा क्या जाता है! वैसे भी हमें ये हड्डियों तक बाँट कर नहीं देंगे।"

"वो तो ठीक है; परन्तु अगर ये दोनों लोग यहाँ नहीं घुसे तो हम जिम्मेदार ठहराए जाएँगे।"

"चलो, बुलाएँ उन्हें।"

"हाँ, बुलाते हैं।... अरे, ओ मेहमानो। जल्दी से आ जाइए। आइए। आइए! प्लेटें भी धो दी हैं और साग-सब्जी में भी नमक अच्छी तरह मिला दिया है। बस, तुम्हें सब्जियों के साथ मिलाकर एकदम सफेद प्लेट में रखने की देर है। जल्दी से पधारिए!"

"अरे, आइए, आइए! कहीं आपको सलाद पसन्द न आए तो आग में भूनकर बना दें! चलो, कैसे भी सही, पहले आ तो जाइए।"

दहशत से सराबोर, मुचड़े कागज की तरह चेहरा बनाए दोनों ने आँखें मिलाईं और थरथराते-काँपते बिना किसी आवाज के वे रोते चले जा रहे थे। अन्दर से फू-फू हँसने और फिर पुकारने की आवाज़, "आइए, आइए! इस तरह रोने से तो सारी क्रीम बह जाएगी। ओह मालिक, आप लोग भी आ गए! बस, अभी लेकर आते हैं। चलो, जल्दी से आ जाइए! ...मालिक नैपकिन फैलाए, छुरे काँटे लिए चीभ चाटते हुए इंतजार कर रहे हैं आप लोगों का।"

दोनों रोते रहे और केवल रोते रहे। तभी पीछे से अचानक 'भौं, भौं'

की आवाज हुई और सफेद भालू की तरह के दो कुत्ते दरवाजे को तोड़ते हुए कमरे में घुसे। चाबी-छिद्र के नेत्रगोलक देखते ही देखते गायब हो गए और कुत्ते गुर्राते हुए थोड़ी देर कमरे का चक्कर काटते रहे, फिर जोर से भौंकते हुए तीव्रता से उछलकर दूसरे दरवाजे पर पहुँच गए। दरवाजा अचानक खुला। वे ऐसे गायब हुए, जैसे धरती ने निगल लिया हो!

दरवाजे के उस ओर अँधेरे से म्याऊँ, गड़गड़ाहट और चरचराहट की आवाज आने लगी और फिर सरसराहट की। कमरा धुएँ की तरह अदृश्य हो गया और दोनों ठण्ड से थर-थर काँपते घास के ऊपर खड़े थे।

उसी क्षण ओवर कोट, जूते, पर्स और टाई-पिन इधर-उधर की टहनियों में लटके और फैले दिखाई दिए। हवा के झोंके के साथ घास की सरसराहट, वृक्ष के पत्तों की चरमराहट हुई। कुत्ते गुर्राते हुए लौट आए। तभी पीछे से 'मालिक, मालिक' चिल्लाने की आवाज आई।

दोनों की जान में जान आई।

''ओए, यहाँ हैं यहाँ, जल्दी आओ!''

पुआल की टोपी पहना पेशावर शिकारी घास को चीरता चला आया।

दोनों ने राहत की साँस ली।

दोनों ने शिकारी का लाया हुआ मालपुआ खाए और रास्ते में बस दस येन की पहाड़ी चिड़िया खरीदते हुए तोक्यो वापस लौटे।

लेकिन थोड़ी देर पहले मुचड़े कागज की तरह बने उनके चेहरे पर तोक्यो लौट जाने के बाद भी, गर्म पानी में स्नान करने पर भी पहले जैसी रौनक नहीं लौटी।

बन बिलाव

मूल शीर्षक : दोन्गुरी तो यामानेको
स्रोत : शोनेन शोजो निहोन बुनगाकुकान 10
कोदांशा, 1986, पृष्ठ 38–56

शनिवार की एक शाम, इचिरो के घर एक अद्‍भुत पोस्टकार्ड पहुँचा।

सितम्बर 19,

कानेता इचिरो जी,
मैं समझता हूँ कि आप ठीक-ठाक से होंगे। कल न्याय की कष्टप्रद कार्यवाही होगी इसलिए कृपया यहाँ पधारें। आपसे अनुरोध है कि अपने साथ गोलाबारी एवं बन्दूक वगैरह न लाएँ।

आपका विनीत
बन-बिलाव

इस प्रकार का था वह पोस्टकार्ड। अक्षर पूर्णत: भद्दे थे और स्याही इस तरह खुरदरी और सूख गई थी कि उँगलियों पर चिपक जाए; किन्तु इचिरो की खुशी का ठिकाना न था। उसने चुपके से पोस्टकार्ड स्कूल

के बस्ते में रखा और पूरे घर में उछल-कूद मचाने लगा।

बिस्तर के अन्दर घुसने पर भी बन बिलाव का 'म्याऊँ' करता चेहरा और कष्टप्रद कहलाई जाने वाली न्याय की कार्यवाही की गतिविधियों को सोचते-सोचते बहुत देर तक वह सो नहीं पाया।

फिलहाल, इचिरो की जब आँखें खुलीं तो चारों ओर कब का उजाला हो चुका था। बाहर आकर देखा तो चारों ओर के पहाड़ एकदम नीले आसमान के तले एक कतार में ऐसे लग रहे थे, जैसे अभी-अभी बनकर उभरे हों! इचिरो ने जल्दी से खाना खाया और पहाड़ी नदी के साथ-साथ जाने वाले छोटे रास्ते से, नदी के उद्‌गम की ओर चलने लगा।

स्वच्छ हवा बही तो शाहबालूत के पेड़ों ने अपने फल इधर-उधर बिखेरे।

इचिरो ने शाहबालूत के पेड़ से पूछा, "शाहबालूत के पेड़, शाहबालूत के पेड़! क्या तुमने यहाँ से बन-बिलाव को गुजरते देखा है?"

शाहबालूत के पेड़ ने थोड़ी देर चुप्पी साधी और फिर जवाब दिया, "बन-बिलाव तो सुबह घोड़ागाड़ी से पूर्व की ओर उड़ते हुए गया है।"

"पूर्व की ओर जाने का मतलब तो यह हुआ कि उसी ओर, जिधर मैं जा रहा हूं अजीब बात है! चलो, फिर भी थोड़ा और चलकर देखता हूँ। शाहबालूत के पेड़, धन्यवाद।"

शाहबालूत के पेड़ ने फिर चुप्पी साधी और अपने फल इधर-उधर बिखेरे।

थोड़ी देर बाद इचिरो जिस जगह पहुँचा, वहाँ बाँसुरी-वादक झरना था। उस जगह को बाँसुरी-वादक झरना इसलिए कहा जाता था क्योंकि एकदम सफेद खड़ी चट्टान के ठीक बीच में छोटा-सा छिद्र था, जहाँ से पानी बाँसुरी की तरह आवाज निकाल, उछलते हुए तुरन्त झरने में बदल, घड़घड़ाहट के साथ घाटी में गिरता था।

इचिरो झरने की ओर मुड़ उसे पुकारते हुए पूछा, "ओय, बाँसुरी-वादक झरने, यहाँ से बन-बिलाव तो नहीं गुजरा क्या?"

"बन-बिलाव थोड़ी देर पहले यहाँ से पश्चिम की ओर उड़ा है।" झरने ने पी-पी स्वर निकालते हुए जवाब दिया।

"अजीब बात है! पश्चिम की ओर! मतलब यह कि मेरे घर की

ओर। चलो, फिर भी थोड़ा और आगे चलकर देखते हैं। धन्यवाद, बांसुरी-वादक झरने!''

झरना पहले की तरह फिर से बाँसुरी बजाने लगा।

इचिरो फिर थोड़ी दूर गया तो बुना वृक्ष[1] के नीचे ढेर सारे श्वेत कुकुरमुते 'दोत्तेकोदोत्ते कोतो'...एक अनोखा संगीत-वाद्य बजा रहे थे।

इचिरो ने उकड़ूँ होकर पूछा, ''अरे वो कुकुरमुत्ते, क्या इधर से बन-बिलाव गुजरा है?''

''ओह, बन-बिलाव! वह तो सुबह घोड़ा-गाड़ी में दक्षिण की ओर उड़ते गया था।'' कुकुरमुत्ते ने गर्दन मरोड़ते हुए जवाब दिया।

''दक्षिण की ओर यानी उस पहाड़ के अन्दर? यह भी अनोखी बात है। चलो, थोड़ा और आगे चलकर देखते हैं। धन्यवाद कुकुरमुत्ते!''

कुकुरमुत्ते फिर वही अद्भुत 'दोत्तेकोदोत्ते कोतो' संगीत-वाद्य बजाने में व्यस्त हो गए।

इचिरो थोड़ा और आगे बढ़ा। फिर उसने देखा कि अखरोट के पेड़ की चोटी पर एक गिलहरी उछल-कूद मचा रही थी।

इचिरो ने उसे हाथ से इशारा कर रोका और पूछा। ''ओय गिलहरी, इधर से बन-बिलाव तो नहीं गुजरा है क्या?''

गिलहरी ने माथे पर हाथ रख इचिरो को देखते हुए पेड़ के ऊपर से ही जवाब दिया, ''बन-बिलाव तो सुबह तड़के ही घोड़ा गाड़ी में बैठ दक्षिण की ओर उड़ता गया था।''

''दक्षिण की ओर?'' इचिरो बोला, ''क्या अजीब बात है! दो जगह एक ही बात बोली गई! चलो, फिर भी थोड़ा आगे चलकर देखते हैं। धन्यवाद, गिलहरी!''

परन्तु गिलहरी अब वहाँ नहीं थी। केवल अखरोट के पेड़ की ऊँची टहनी हिली और बगल का बुना पेड़ थोड़ा-सा चमका।

इचिरो थोड़ा और आगे गया तो घाटी की नदी के साथ का रास्ता पतला होता गया और अंत में लुप्त ही हो गया।

---

1. एक पर्णपाती उच्च वृक्ष।

नदी के दक्षिण में चिरहरित उच्च वृक्षों के एकदम काले घने जंगल की ओर एक छोटा नया रास्ता जाता था। इचिरो उस रास्ते पर चलता चला गया। काली टहनियों से पेड़ इस तरह लबालब ढके थे कि नीले आसमान की एक फाँक भी नज़र नहीं आती थी। रास्ता पूरा का पूरा खड़ी ढलान में बदल गया।

इचिरो के गाल लाल हो गए और टप-टप पसीना टपकने लगा। साथ ही साथ ढलान पर चढ़ते-चढ़ते अचानक उजाला हुआ और उसकी आँखें चुँधियाने लगीं। वहीं पर सुन्दर सुनहरे रंग की घास फैली थी। घास हवा से सरसरा रही थी। आस-पास हलके सुनहरे रंग के चिरहरित वृक्षों का एक सुन्दर विशाल जंगल था।

उस सुनहरी घास के ठीक बीच में छोटे कद का अजीब से ढाँचे का एक आदमी घुटने मोड़े हाथ में चाबुक लिए चुपचाप इधर देख रहा था।

इचिरो धीरे-धीरे उसके नजदीक पहुँचा। वह उसका चेहरा देखकर हैरान हो गया। उस व्यक्ति की एक सफेद आँख, जिससे कुछ दिखाई नहीं देता था, फड़क रही थी। वह एक अजीब ढंग की जैकेट पहने हुए था। और तो और, उसका पैर भी भयंकर तरीके से ऐसे मुड़ा हुआ था जैसे बकरी का पैर हो! पैरों के आगे का हिस्सा भात से भरे स्पैचुला की आकृति का था। इचिरो का जी खराब हो गया था परन्तु किसी तरह स्थिर हो संयम से वह उस व्यक्ति से पूछा, "क्या तुम बन-बिलाव को जानते हो?"

इस पर वह व्यक्ति तिरछी निगाह से इचिरो के चेहरे को गौर से देखा और मुँह मोड़ दाँत निपोरते हुए बोला, "बन-बिलाव महाराज अभी तुरन्त यहाँ पधारने वाले हैं। तुम इचिरो हो न?"

इचिरो अवाक् हो एक कदम पीछे हटा और कहा, "हाँ, मैं इचिरो हूँ; परन्तु तुम्हें कैसे मालूम?"

इतना कहना था कि वह विलक्षण व्यक्ति दाँत निकालकर हंसने लगा।

"फिर तो तुमने पोस्टकार्ड देखा होगा..."

"हाँ, देखा है। तभी तो आया हूँ।"

"क्या वह लिखावट बहुत भद्दी थी?" उस व्यक्ति ने निगाहें नीचे कर दुःखी भाव से पूछा।

इचिरो को उस पर दया हो आई और फिर वह बोला, "नहीं तो, लिखावट बहुत ही अच्छी थी।"

वह व्यक्ति प्रसन्नचित हो हाँफते हुए गहरी साँसें लेने लगा। उसके कानों के आस-पास का रंग बिलकुल लाल हो गया। पोशाक की बाँहों को फैला वायु को शरीर के अन्दर लेते हुए उसने फिर पूछा, "वह लिखावट क्या वाकई में अच्छी थी ?"

इचिरो ने तुरन्त हँसते हुए उत्तर दिया, "हाँ, अच्छी थी। पाँचवीं कक्षा के विद्यार्थी की भी इतनी खूबसूरत लेखनी नहीं हो सकती!"

उस व्यक्ति ने तुरन्त नाखुश-सा चेहरा बनाया।

"पाँचवीं कक्षा के विद्यार्थी! यानी इस वक्त के प्राइमरी स्कूल की पाँचवीं कक्षा के विद्यार्थी?" ये शब्द ऐसे सुनाई दिए, जैसे उनकी अभिव्यक्ति में कोई सामर्थ्य न हो।

इसलिए इचिरो ने जल्दी से कहा, "नहीं, विश्वविद्यालय की पाँचवीं कक्षा का विद्यार्थी।"

इस पर उस व्यक्ति के चेहरे पर खुशी की लहर दौड़ पड़ी। वह चौड़ा मुँह कर बनावटी हँसी हँसते हुए चिल्लाया, "पता है, वह पोस्टकार्ड मैंने लिखा था।"

इचिरो ने अजीब-सा चेहरा बनाते हुए पूछा, "सबसे पहले तो मुझे यह बताओ कि तुम कौन हो?"

वह व्यक्ति गम्भीरता से बोला, "मैं बन-बिलाव की घोड़ा-गाड़ी के घोड़े का सेवक हूँ।"

उसी वक्त हवा का झोंका आया और घास लहराई। सेवक ने विनम्रता से एकाएक झुककर प्रणाम किया।

इचिरो को विचित्र-सा महसूस हुआ और उसने पीछे मुड़कर देखा, वहाँ पर बन-बिलाव सुनहरे रंग की युद्ध-जैकेट की तरह कुछ पहने हुए था। वह हरे रंग की आँखों को गोल-मटोल घुमाते हुए खड़ा था।

'वाकई बन-बिलाव के कान सीधे खड़े और पैने हैं।' इचिरो ने मन में सोचा ही था कि एकाएक बन-बिलाव ने उसे प्रणाम किया।

इचिरो ने भी विनम्रता से अभिवादन किया, "ओह, नमस्कार! कल के पोस्टकार्ड के लिए धन्यवाद।"

बन-बिलाव ने मूँछों पर ताव दिया और पेट आगे निकालते हुए कहा, "नमस्कार! तुम्हारा स्वागत है! दरअसल, परसों से कष्टप्रद लड़ाई होने की वजह से न्याय करने में दिक्कतें आ रही हैं, जिसकी वजह से हमें तुम्हारे विचार जानने की जरूरत पड़ी। फिलहाल इत्मीनान से यहाँ रहिए। अभी थोड़ी ही देर में वंजफूल भी यहाँ आ जाएँगे। हर साल इस न्याय के प्रति कष्ट उठाने के लिए धन्यवाद।" कहते हुए बन-बिलाव ने जेब से सिगरेट का डिब्बा निकाला और एक अपने दाँतों के बीच दबाने से पहले बोला, "क्या लोगे?" और उसने डिब्बा इचिरो को बढ़ाया। इचिरो ने घबराहट में 'नहीं' कहा।

बन-बिलाव बेफिक्री से हँसा, "ऊँह, अभी छोटे हो, इसलिए..." कहते हुए उसने माचिस को रगड़ा और नाक-भों सिकोड़, लम्बा कश लेते हुए धुएँ को छोड़ा।

बन-बिलाव का घुड़-सेवक तनकर सावधानी से खड़ा था; किन्तु उसके चेहरे से सिगरेट पीने की चाहत झलकती थी। वह टप-टप आँसू बहाने लगा।

तभी इचिरो के पैरों के पास फ्च-पच नमक छिटकने जैसी आवाजें हुईं। इचिरो ने हैरानी से झुककर देखा तो घास के अन्दर चारों ओर सुनहरी गोल-गोल वस्तु चकाचक चमक रही थी। ध्यान से देखने पर मालूम हुआ, वे सभी लाल रंग की पेंट पहने वंजफूल थे और उनकी गिनती मुश्किल से तीन सौ के लगभग रही होगी।

"वा .... वा .... वा .... वा ...." शोरगुल करते वे कुछ न कुछ कह रहे थे।

"वो देखो, आ गए! सभी चींटियों की तरह आएँगे। ओय, अब जरा जल्दी से घंटी बजाओ। आज वहाँ पर धूप अच्छी पड़ रही है, इसलिए वहाँ की घास काटो..." बन-बिलाव ने सिगरेट फेंकी और तुरन्त घुड़-सेवक को आदेश दिए।

घुड़-सेवक ने भी फटाफट एक बड़ी-सी हँसिया अपनी पीठ से निकाली और बन-बिलाव के सामने की घास को जल्दी से काट डाला। तभी चारों ओर की घास से वंजफूल उछलते-कूदते चम-चम चमकते हुए 'वा ... वा ...' शोर करने लगे।

घुड़-सेवक ने अबकी बार घंटी को झन-झन बजाते हुए हिलाया। घंटी की आवाज चिरहरित वृक्षों के जंगल में झन-झन, झन-झन गूँजने लगी। सुनहरे वंजफूल थोड़ी देर के लिए चुप्पी साध गए। बन-बिलाव काली लम्बी साटन की पोशाक पहने बड़े अकड़ से वंजफूलों के सामने बैठा था।

'वह ऐसा लग रहा है जैसे नारा के भगवान बुद्ध को देखने आने वालों की तस्वीर ले ली गई हो।' इचिरो ने मन में सोचा।

इस बार घुड़-सेवक ने चमड़े के चाबुक को दो-तीन बार घुमाकर 'ह्यू-ह्यू' आवाज निकाली।

आसमान पूरा नीला था और वंजफूल चमचम चमकते हुए अत्यंत सुन्दर लग रहे थे।

"न्याय करते-करते आज तीन दिन हो गए हैं। भाइयो, वाजिब रूप से दोस्ती करना कैसा रहेगा?"

बन-बिलाव ने थोड़ा चिन्तित होने के बाद भी जब अकड़ के साथ कहा तो वंजफूल अलग-अलग चिल्लाने लगे, "नहीं-नहीं, एकदम ठीक नहीं। कुछ भी कहो परन्तु जिसका सिर नुकीला हो वही हम सबमें से बड़ा है, और मेरा सिर सबसे नुकीला है।"

"नहीं, गलत है। गोल वाला बड़ा है। और सबसे गोल सिर मेरा है।"

"सबसे बड़े आकार का भाई! आकार में जो सबसे बड़ा, वही सबसे बड़ा। और आकार में सबसे बड़ा मैं ही हूँ, इसलिए सबसे बड़ा मैं हुआ।"

"ऐसी बात नहीं है। मैं सबसे बड़ा हूँ। कल न्यायाधीश ने क्या कहा था?"

"बिलकुल गलत है यह बात। लम्बे कद की बात हुई थी - लम्बे कद की।"

"जिसके पेशाब की धार सबसे बड़ी, वही सबसे बड़ा। पेशाब करके निश्चित करना है।"

अब तो सब इस तरह शोर मचाने लगे कि कुछ भी पता लगाना मुश्किल हो गया था कि आखिर वे कह क्या रहे हैं!

इस पर बन-बिलाव चिल्लाया, "बहुत शोर मचा रखा है। आखिर क्या समझ रखा है, तुम लोगों ने इस जगह को? चुप हो जाओ तुम सब लोग!"

घुड़-सेवक ने चाबुक घुमाई तो अंततः वंजफूल चुप हो गए।

बन-बिलाव ने मूँछों पर ताव देते हुए कहा, "न्याय करने का यह तीसरा दिन है। वाजिब तरीके से दोस्ती करना कैसा रहेगा?"

ऐसा कहना था कि वंजफूल फिर से एक-एक करके कहने लगे, "नहीं, नहीं, बिलकुल ठीक नहीं। कुछ भी कहो, पैने सिर वाला ही सबसे महान है।"

"नहीं, गलत। गोल सिर वाला महान है।"

"ऐसा नहीं है। बड़े आकार वाला है महान..." पहले की तरह शोरगुल में इस बार भी कुछ समझ में नहीं आ रहा था कि कौन क्या कह रहा है!

बन-बिलाव फिर चिल्ला उठा, "खामोश! क्या शोरगुल मचा रखा है! चुप हो जाओ—एकदम चुप !"

घुड़-सेवक ने भी पुनः चाबुक लहराया। बन-बिलाव ने दिया मूँछों पर ताव!

"देखो, न्याय करने की इस प्रक्रिया को भी अब तीन दिन हो चले। बेहतर यही होगा कि तुम लोग आपस में समझौता कर लो।"

"नहीं-नहीं, यह ठीक नहीं। नुकीले सिर वाला..."

फिर वही शोरगुल।

बन-बिलाव का चिल्लाना, 'जब घुड़-सेवक द्वारा चाबुक लहराना और फिर वंजफूल की चुप्पी—यह क्रम काफी देर तक चलता रहा, तो बन बिलाव ने धीरे-से इचिरो से कहा, "तो इस तरह की स्थिति है। अब आप बताइए कि क्या करना ठीक रहेगा?"

इचिरो ने हँसते हुए जवाब दिया, "ऐसी बात है तो यह कहना ठीक

रहेगा : इनमें से जो सबसे ज्यादा बुद्धू, बेढंगा, चिपटा हो, वही सबसे महान है। मैंने यह सब प्रवचन में सुना है।''

बन-बिलाव ने तारीफ में गर्दन झुकाई और फिर अकड़ते हुए, शाटन पोशाक को आगे से खोल, पीले रंग की युद्ध-जैकेट को थोड़ा आगे की ओर करके वंजफूलों से कहा, ''देखो, शोर न मचाओ। मैं कुछ कहने जा रहा हूँ। तुम लोगों में से जो सबसे बुद्धू है, बेढंगा है, नाटा है, और जिसका सिर टूटा-फूटा है वही सबसे बड़ा है।''

वंजफूल एकदम चुप्पी साथ गए। चुप्पी ही नहीं, साधे बल्कि एकदम सख्त हो गए।

तत्पश्चात बन-बिलाव ने काले शाटन की पोशाक को खोला और माथे का पसीना पोंछते हुए इचिरो के हाथ पकड़े। घुड़-सेवक ने भी खुश होकर चाबुक को पाँच-छ: बार हवा में लहराया।

बन-बिलाव ने कहा, ''बहुत-बहुत धन्यवाद, इचिरो! इस तरह की जटिल समस्या को भी आपने डेढ़ मिनट में निपटा दिया। मेरे इस न्यायालय के प्रतिष्ठित न्यायाधीश बनने की कृपा करें। भविष्य में भी अगर आपके पास पोस्टकार्ड पहुँचे, तो कृपया, पधारने की कृपा करें। हर बार हम आपको पारिश्रमिक देने की कोशिश करेंगे।''

''समझ गया परन्तु पारिश्रमिक की जरूरत नहीं है।''

''नहीं-नहीं, ऐसा नहीं हो सकता। पारिश्रमिक तो आप को लेना ही पड़ेगा वरना मेरे व्यक्तित्व पर आँच आ जाएगी। भविष्य में यदि पोस्टकार्ड पर श्रीमान, कानेता इचिरो और इस जगह को न्यायालय लिखा जाए, तो कैसा रहेगा?''

''हाँ, मुझे कोई आपत्ति नहीं।''

इचिरो का यह कहना था कि बन-बिलाव काफी देर तक मूँछों पर ताव देता रहा और आँखें इस तरह फड़फड़ाता रहा, जैसे कुछ कहना चाहता हो। अंतत: निश्चय करने के बाद उसने कहा, ''अच्छा, संदेश में यह लिखना कैसा रहेगा कि कुछ काम है, इसलिए दूसरे ही दिन यहाँ जरूर आ जाओ?''

इचिरो हँसते हुए बोला, ''हाँ, कुछ अजीब-सा है। बस, तुम यह बात न लिखो तो ठीक रहेगा।''

'शायद कहने का तरीका कुछ ज्यादा ही बेढंगा हो गया लगता है,' इस बार मूँछों पर बिना ताव दिए बन-बिलाव ने गर्दन नीचे झुकाए हुए सोचा, और फिर निराश होकर बोला, "फिर संदेश वही रहेगा जैसा अबकी बार था। फिलहाल, आज के पारिश्रमिक के रूप में सुनहरे वंजफूल 1.8 लिटर अच्छे लगेंगे या फिर नमक में रखी सामन मछली का सिर?"

"सुनहरे वंजफूल अच्छे लगेंगे।"

इचिरो का सामन मछली के सिर के लिए न कहना जैसे बन-बिलाव को भी अच्छा लगा हो, उसने तपाक से घुड़-सेवक को आदेश दिया, "वंजफूल 1.8 लिटर जल्दी से लाओ। 1.8 लिटर न हुए तो चाँदी का पानी चढ़ाए वंजफूलों को भी मिलाकर ले आना।"

घुड़-सेवक थोड़ी देर पहले के वंजफूलों को पैमाना-पात्र पर तौलते हुए चिल्लाया, "बिलकुल 1.8 लिटर ही हैं।"

बन-बिलाव की जैकेट हवा में फड़फड़ाई। अपने को आगे की ओर झुकाते हुए, आँखें बन्द कर आधी जम्हाई लेते हुए वह बोला, "चलो, अब जल्दी से घोड़ा-गाड़ी तैयार करो।"

बड़े-से सफेद कुकुरमुत्ते से बनी घोड़ा-गाड़ी लाई गई जिस पर चूहे के रंग के विचित्र आकार के घोड़े लगे थे।

"चलो, तुम्हें तुम्हारे घर छोड़े आते हैं।" बन-बिलाव ने कहा।

दोनों घोड़ा-गाड़ी में बैठे और घुड़-सेवक ने वंजफूल के पैमाना-पात्र को भी घोड़ा-गाड़ी के अंदर रखा।

घोड़ा-गाड़ी घास की धरती को छोड़ती हुई उड़ान भरी। पेड़ और झाड़ियाँ धुएँ की तरह हिले-डुले। इचिरो की निगाहें सुनहरे वंजफूलों पर टिकी थीं और बन-बिलाव की आँखें जानबूझकर अनभिज्ञ हो दूर देख रही थीं।

जैसे-जैसे घोड़ा-गाड़ी की रफ्तार बढ़ती गई वैसे-वैसे वंजफूलों का रंग फीका पड़ने लगा। घोड़ा-गाड़ी के रुकते ही उनका रंग भूरे रंग में परिवर्तित हो गया। बन-बिलाव की सुनहरी जैकेट, घुड़-सेवक और कुकुरमुत्ते की घोड़ा-गाड़ी, ये सभी चीजें यकायक अदृश्य हो गए। इचिरो अपने घर के सामने वंजफूलों का पात्र पकड़े खड़ा था।

उसके बाद, बन-बिलाव विनीत पोस्टकार्ड इचिरो के पास कभी दुबारा नहीं आया।

इचिरो कभी-कभी सोचता है, शायद यह कहना ठीक था: 'कल जरूर हाजिर होइए' लिखने में उसे कोई आपत्ति नहीं।

आवा नाओको

(1943-1992)

सन् 1943 में तोक्यो में जन्मी आवा नाओको को काल्पनिक दुनिया और परियों के देश की शहज़ादी कहा जाय तो इसमें कोई अतिशयोक्ति नहीं होगी। खयाली दुनिया और परियों के माध्यम से समाज के विभिन्न पहलुओं का वास्तविक चित्रण करने में इन्हें महारथ हासिल थी। प्रकृति और समाज का चित्रण मात्र इनका उद्देश्य नहीं था। नाओको चाहती थी कि इंसान प्रकृति के सौंदर्य और संसाधन का भोग अपनी आवश्यकता के अनुरूप करे। 'लोमड़ी की खिड़की' में इनका यह संदेश स्पष्ट रूप से देखने को मिलता है।

इनकी अन्य मुख्य रचनाएँ हैं : 'खित्सुने नो यूशोकुकाइ' (लोमड़ी की दावत, 1976) 'तोई नोबारा नो मुरा' (दूर जंगली गुलाबों का एक गाँव, 1981), 'काजे तो कि नो उता' (हवा और पेड़ के गीत, 1972) इत्यादि।

सन् 1970 में इन्हें 'सानशोक्को' नामक कहानी पर जापान बाल साहित्य नवागत पुरस्कार हासिल हुआ। सन् 1973 में इन्हें 'काजे तो कि नो उता' और 'खित्सुने नो मादो' के लिए स्कूल संस्थान साहित्य पुरस्कार एवं सन् 1981 में 'तोइनोबारा नो मुरा' पर नोमा बाल साहित्य कला परिषद पुरस्कार से नवाजा गया। सन् 1984 में 'काजे नो रोरासुकेतो' पर नीइमी नानकिचि बाल साहित्य पुरस्कार से इन्हें सम्मानित किया गया।

लोमड़ी की खिड़की

मूल शीर्षक : कित्सुने नोमादो, 1972
स्रोत : शोनेन शोजो निहोन बुनगाकुकान 24,
कोदांशा, तोक्यो, 1986, पृष्ठ 184-200

यह घटना कब की है मुझे ठीक से याद नहीं। पर हाँ, उस वक्त मैं पहाड़ों के बीच अपनी राह भटक गया था। मैं अपनी पहाड़ी कुटिया लौट रहा था। जानी-पहचानी सड़क पर कंधे से बंदूक लटकाए, कुछ खोया-सा, शायद वर्षों पहले जिस लड़की को मैं बहुत पसंद करता था, उसकी उमंगभरी यादों में डूबा, जैसे ही मुड़ा कि अचानक आसमान कुछ असामान्य रूप से चमकता नजर आया। एकदम चमकते नीले शीशे की तरह जिसे खूब चमकाया गया हो। धरती भी कुछ-कुछ नीली लग रही थी।

'अरे !' एक पल के लिए मैं स्तब्ध-सा खड़ा हो गया। मैंने बार-बार पलकें झपकाईं। आश्चर्य, जहाँ हमेशा मेरा देखा-जाना देवदार का जंगल था, वहाँ एक लम्बा-चौड़ा मैदान फैला हुआ है और वह भी गहरे नीले रंग के किक्यो फूलों से भरा।

हतप्रभ हो, मेरी साँस रुक-सी गई। आखिर कैसे गलती कर मैं अचानक ऐसी जगह आ गया? हैरानी तो इस बात की थी कि क्या कभी यहाँ ऐसी जगह थी भी!

"मुझे फौरन वापस जाना चाहिए," मैंने खुद को आदेश दिया।

हालांकि सामने का नजारा काफी मनोहर था फिर भी अंदर एक अनजान भय घर किए था। फूलों का लहलहाता खेत और शीतल पवन। यूँ ही वापस लौट जाने का कोई तुक न था।

"यहाँ थोड़ा आराम करके जाना चाहिए," यह सोच मैं बैठ गया और पसीना पोंछने लगा। तभी अचानक मेरी नजरों के सामने से कोई सफेद चीज भागती हुई गुजरी। मैं फुर्ती से उठ बैठा। फूलों की एक पंक्ति हिली और वह सफेद चीज गेंद की तरह लुढ़कती भागती चली गई।

निश्चित ही वह एक सफेद लोमड़ी थी। एक छोटे-से बच्चे के समान। बंदूक कंधे पर लटकाए मैं उसके पीछे भागा। परन्तु उसकी रफ्तार इतनी तेज थी कि पूरी कोशिश के बावजूद मैं उसका पीछा न कर सका। अगर चाहता तो शायद एक ही गोली में उसका काम तमाम कर देता, परन्तु मैं उसकी माँद तक पहुँचना चाहता था ताकि उसकी माँ को मार सकूँ। भागते हुए मैं एक टीले पर पहुँचा। मुझे विश्वास था कि लोमड़ी यहीं कहीं फूलों के बीच छिपी हुई है। लेकिन वह तो अकस्मात् लुप्त हो गई और मैं हताश, खड़ा का खड़ा रह गया। बिलकुल ऐसे जैसे दिन के समय चाँद देखने से वंचित हो गया हूँ। लगा, जैसे मुझे कोई चकमा दे गया हो !

ठीक उसी वक्त पीछे से एक अनोखी-सी आवाज आई, "आइए, आपका स्वागत है।" मैं हैरान हो पलटा तो पाया कि वहाँ एक छोटी-सी दुकान है जिसके प्रवेश द्वार पर एक तख्त लटका था। उसपर नीले रंग से लिखा था : 'किक्यो फूल रंगरेज की दूकान।' तख्त के नीचे गहरे नीले रंग का एप्रन पहने एक लड़का खड़ा था जो शायद दुकान में काम करता था। मुझे समझते देर न लगी कि अभी थोड़ी देर पहले जिस लोमड़ी को मैंने देखा था वही अब एक बालक के वेश में मेरे सामने खड़ा है। मेरे अंदर हँसी के फव्वारे फूटने लगे- "तो फिर लोमड़ी से धोखा खाने का ढोंग ही सही। कम-से-कम मैं लोमड़ी को पकड़ तो लूँगा।"

"क्या मैं यहाँ थोड़ा विश्राम कर सकता हूँ?" मैने दोस्ताना भाव से आग्रह किया।

“बेशक, आइए आपका स्वागत है।” बालक के वेश में लोमड़ी ने मुस्कुराते हुए मुझे दुकान के अंदर मार्गदर्शन कराते हुए कहा।

दुकान का फर्श मिट्टी का था और वहाँ सफेद भूर्ज की लकड़ी से बनी पाँच कुर्सियाँ थीं। एक शानदार मेज भी पड़ी थी। टोपी उतार कुर्सी पर बैठते हुए मैंने कहा, “दुकान तो काफी खूबसूरत है, है न?”

“जी हाँ, यह सब आपकी मेहरबानी है,” बालक-रूपी लोमड़ी आदरपूर्वक मेरे लिए चाय ले आई।

“अच्छा, तुम इसे रँगाई की दुकान कहते हो... यहाँ किस चीज की रँगाई होती है?” मैंने चुटकी ली।

इतना सुनना था कि बालक मेज पर पड़ी मेरी टोपी उठाते हुए बोला, “यहाँ किसी भी चीज की रँगाई हो सकती है। अगर आप चाहें तो इस टोपी को गहरे नीले रंग से रँगा जा सकता है।”

“क्या बेकार की बात है। मुझे नीली टोपी पहनने का शौक नहीं,” झट-से मैंने अपनी टोपी ले ली।

‘अच्छा तो फिर वह मफलर कैसा रहेगा? और वह नहीं तो जुराबें, चाहे पतलून हो या जैकेट सभी आकर्षक नीले रंग में रंग सकते हैं,” लोमड़ी लगातार मेरे हाव-भाव का गहराई से अध्ययन करते बोलती चली गई।

मैंने अप्रिय-सा चेहरा बनाया और मन ही मन बुदबुदाने लगा: ‘लोमड़ी का बच्चा भी क्या जबरदस्ती लोगों की चीजें रंगना चाहता है।’

मुझे धीरे-धीरे गुस्सा आ रहा था। लेकिन अगर गौर किया जाए तो मनुष्य या फिर यह लोमड़ी एक समान चीज है।

“जरूर लोमड़ी को इसके एवज् में पैसे चाहिए। इसीलिए कुल मिलाकर वह मुझसे ग्राहक जैसा बर्ताव कर रही है और फिर चाय पीने के बाद भी अगर मैं कुछ रंगाने की फरमाईश नहीं करूं तो मुनासिब न होगा”, मैंने स्थिति का कुछ यूं जायजा लिया। ‘चलो यह रूमाल ही रंगा लेता हूं,’ यह सोचकर मैने अपनी जेब में हाथ डाला ही था कि लोमड़ी का बच्चा ऊंची आवाज में चिल्लाते हुए बोला, “अरे हां! आपकी उंगलियों को ही रंग देता हूं।”

मैं खीझते हुए बोला, “उंगली? उंगली को रंगना मेरे बर्दाश्त के बाहर है।” परंतु बालक उस पर भी मुसकुराता रहा और बोला “सुनिए

श्रीमान्, उंगली रंगना काफी उचित होगा,'' यह कहते हुए उसने अपने दोनों हाथ मेरी आंखों के सामने फैला दिए। छोटे-छोटे सफेद दोनों हाथों के अंगूठे और तर्जनी उंगली रंगी हुई थी। अपने दोनों हाथों की रंगी उंगलियों को जोड़ते हुए हीरानुमा आकार की खिड़की बना मेरी आंखों के सामने ला मस्ती से बोला, ''जरा, इसके अंदर झांक कर तो देखिए।''

''उँह?'' मैंने अरूचि से एक स्वर-भर निकाला।

''थोड़ा ही सही, ज़रा देख तो लीजिए।''

बेमन आखिरकार मैंने खिड़की के अंदर झाँककर देखा। मेरे आश्चर्य का ठिकाना न रहा। उँगलियों से बनाई गई खिड़की के अंदर एक सफेद लोमड़ी दिखाई दे रही थी। वह शायद इस लोमड़ी की माँ थी। उसकी पूँछ एकदम सीधी थी और वह जमीन पर शांत यूँ लेटी हुई थी जैसे कोई तस्वीर हो !

''यह.... आखिर क्या है यह सब.....?'' मैं इतना अचम्भित था कि मेरे मुँह से आवाज़ तक न निकली।

''यह मेरी माँ है,'' लोमड़ी-बालक तपाक से बोला।

''.....''

''बहुत समय पहले किसी ने इसे गोली से मार दिया।''

''गोली? बंदूक से?''

''हाँ, बंदूक से''

बालक ने दोनों हाथ नीचे किए और आँखें झुका दीं। उसे इस बात का भी पता न चला कि उसका असली भेद खुल चुका है। वह अपनी कहानी जारी रखा।

''मैं माँ से मिलना चाहता था। माँ को एक बार-ही सही, मैं फिर से देखना चाहता था। इसको इंसानी भावना ही तो कहेंगे।''

माहौल गम्भीरता में बदलते देख मैं केवल 'हं, हं.....' हामी भरता रहा।

इसी शरद की एक दिन की बात है। हवा साँय-साँय बह रही थी। किक्यो फूलों ने एक स्वर में मुझसे कहा, ''अपनी उँगलियों को रँगो और उससे एक खिड़की बनाओ।''

बस, मैंने ढेर सारे किक्यो के फूल इकट्ठा कर उनके रस से अपनी

उँगलियों को रँग दिया।

"देखो उसका नतीजा यह....." उसने फिर से अपने हाथों से खिड़की बना मुझे दिखाई।

"इस खिड़की से जब चाहूँ, मैं माँ को देख सकता हूँ, और इसीलिए अब मुझे अकेलापन महसूस नहीं होता।"

बालक-लोमड़ी की बातों से पूरी तरह प्रभावित हो मैं सहमति में बार-बार सिर झुकाता रहा।

आखिर अकेलेपन की वजह से मेरी भी हालत लोमड़ी की ही तरह थी, मैं अपने अंतरमन में यह महसूस करने लगा। अचानक बच्चों जैसे स्वर मेरे मुँह से फूट पड़े, "काश! ऐसी खिड़की मुझे भी मिल जाती!"

यह सुनना था कि लोमड़ी के चेहरे पर खुशी की लहर दौड़ी।

"ऐसी बात है तो निकालिए अपना हाथ अभी रँग देता हूँ।"

मैंने अपने दोनों हाथ मेज पर रख दिए। बालक फूलों के रस से भरी एक कटोरी और ब्रुश ले आया। ब्रुश को नीले रंग में डुबा वह बहुत ही सलीके से धीरे-धीरे मेरी उँगलियाँ रँगने लगा। कुछ पल में ही मेरा अंगूठा और तर्जनी उँगली गहरे नीले रंग में रंग गई।

"लीजिए, रँग गई। अब जल्दी से खिड़की बनाकर देखिए।"

धुकधुकी के साथ मैंने अपनी उँगलियों से हीरानुमा आकार की खिड़की बनाई और डरते-डरते अपनी आँखों के सामने लाया।

मेरी छोटी-सी खिड़की के अन्दर एक कन्या की आकृति झलकी। वह फूलों के डिजाइनों वाली पोशाक तथा रिबन लगी टोपी पहने थी। उसका चेहरा जाना-पहचाना था। उसकी एक आँख के नीचे तिल था।

"हे भगवान, क्या यह वह लड़की तो नहीं!" मैं हैरानी से उछल पड़ा, "अरे, यह तो वही है जिसे मैं पसंद करता था और अब उससे मिल भी नहीं सकता !"

"है ना, उँगलियाँ रँगना एक अनोखी बात!" लोमड़ी-बालक साधारण भाव से हँसते हुए पूछा।

"हाँ, उत्तम है।" मैंने लोमड़ी के प्रति कृतज्ञता जाहिर की और उसे कुछ पैसे देने के लिए अपनी जेब टटोलने लगा। परन्तु जेब में एक फूटी कौड़ी भी न थी। मैंने लोमड़ी से कहा, "दुर्भाग्यवश मेरे पास अभी

पैसे बिलकुल ही नहीं हैं। परन्तु उसके एवज में अगर कोई और चीज तुम्हें दे सकूँ तो मुझे बहुत खुशी होगी जैसे टोपी, जैकेट, स्वेटर या मफलर.....

"अगर ऐसी बात है तो मुझे अपनी बंदूक दे दें," बालक बोला।

"बंदूक?...वह तो शायद...," मैं असमंजस में पड़ गया, परन्तु उंगलियों में हासिल ऐसी अद्‌भुत खिड़की का ध्यान आते ही बंदूक से बिछुड़ने का गम जाता रहा।

"ठीक है तो यह बंदूक अब तुम्हारी," मैंने दिल बड़ा करते हुए उदारतापूर्वक बंदूक लोमड़ी के हवाले कर दी।

"हमेशा की तरह धन्यवाद!" लोमड़ी ने झुकते हुए कहा। उसने बंदूक उठाते हुए कुछ कुकुरमुत्ते मुझे भेंट किए और कहा, "आज रात इसका सूप बनाकर पी लेना।" कुकुरमुत्ते अच्छी तरह एक प्लास्टिक की थैली में बंधे थे। मैंने लोमड़ी से वापसी का रास्ता पूछा।

"कोई मुश्किल नहीं है। इस दुकान के पीछे एक देवदार का जंगल है। जंगल के अंदर कोई दो किलोमीटर चलने के बाद आपको आपकी कुटिया मिल जाएगी।" लोमड़ी ने बताया।

मैं लोमड़ी से विदा ले उसके कहे अनुसार दुकान के पीछे की ओर मुड़ा। वहाँ जाना-पहचाना देवदार का जंगल था। शरद के सूर्य की चमाचम रोशनी पड़ने से जंगल के बीच थोड़ी गर्माहट थी, पर वातावरण शांत था। मैं हैरान था कि परिचित पहाड़ पर ऐसा गुप्त रास्ता भी है। वाकई, मैं लोमड़ी से अत्यंत प्रभावित था। ऊपर से शानदार फूलों का खेत और दयालु लोमड़ी...मैं प्रफुल्लित हो गुनगुनाने लगा। चलते चलते ...मैंने दोनों हाथों से खिड़की बनाई।

इस बार, खिड़की के अंदर बारिश हो रही थी। तेज बौछार पर बिना किसी आवाज के। एक कोने में हमारा पुराना बगीचा सुनसान-सा दिखाई दे रहा था। बगीचे की ओर खुलता हमारे घर का पुराना बरामदा और उसके नीचे बच्चों के लम्बे बूट बारिश में भीग रहे थे।

'ये तो मेरे जूते हैं।' एक क्षण के लिए मैं सोचने लगा। मेरी माँ सफेद रूमाल बाँधे एप्रन पहने किसी भी वक्त मेरे जूतों को सँभालने के लिए अब आती ही होगी। मेरे दिल की धड़कन तेज हो गई।

"ओह! ये क्या खराब नहीं होंगे ऐसे बाहर पड़े-पड़े?" ये मेरी माँ के स्वर थे।

"बगीचे में माँ की बनाई एक छोटी-सी किचन गार्डन है। वहाँ थोड़ी घास उग आई है और जाहिर है कि वह भी बारिश में भीग रही है। क्या मेरी माँ उन पत्तियों को तोड़ने बगीचे में नहीं आएगी? घर के भीतर हलकी रोशनी है। बत्ती जल रही है। रेडियो से संगीत के साथ-साथ दो बच्चों के हँसने की आवाज भी बीच-बीच में आ रही है। वह मेरी और मेरी मृत बहन की आवाज है......अंह," गहरी साँस लेते हुए मैंने अपने हाथ नीचे कर दिए। मैं दुखी हो गया। बचपन का हमारा घर जल गया था। वह बगीचा भी अब नहीं है।

"चलो कोई बात नहीं। उसके बदले में मेरे पास ये अद्‌भुत उँगलियाँ जो हैं। हमेशा सँभाल कर रखूँगा इन्हें," सोचते हुए मैं जंगल के रास्ते आगे बढा।

किन्तु, कुटिया में लौटने के बाद सबसे पहले मैंने क्या किया यह गौर करने की बात है।

हे भगवान! घर लौटते ही बेसुध हो मैंने अपने हाथ धो डाले। यह आदत तो बहुत पहले से ही पड़ी थी। "नहीं, ऐसा नहीं करना चाहिए था," यह होश भी तब आया जब बहुत देर हो चुकी थी। नीला रंग एक क्षण में धुल कर समाप्त हो गया। धुली उँगलियों से खिड़की बनाने की भरपूर कोशिश के बाद भी उसके अन्दर से केवल मेरी कुटिया की छत ही दिखती थी। मैं उस रात लोमड़ी द्वारा भेंट किए गए कुकुरमुत्ते भी खाना भूल गया। मैं रातभर अफसोस करता रहा।

दूसरे दिन मैंने निश्चय किया कि लोमड़ी के घर जाकर एक बार फिर उँगलियों को रंगाऊँगा। लोमड़ी के लिए मैंने खूब सारे सैण्डविच बनाए और देवदार के जंगलों की ओर चल पड़ा।

परन्तु यह क्या ! मैं जितना भी चलता हर तरफ केवल देवदार के ही वृक्ष नजर आते! किक्यो फूल के लहलहाते मनोहर खेत का कहीं नामोनिशान नहीं था।

उसके बाद कितने ही दिन मैं पहाड़ों में भटकता रहा। कहीं भी किसी लोमड़ी की आवाज सुनाई दे या जंगल के बीच कोई सफेद वस्तु

की हिलती परछाईं ही नजर आ जाए। मैं हमेशा कानों को चौकन्ना रखता और उसी ओर निकल पड़ता जिधर से आवाज आती, परन्तु उसके बाद मैं पुनः लोमड़ी से न मिल सका।

बावजूद इसके कभी-कभी अपनी उँगलियों से खिड़की बनाता हूँ, इस उम्मीद में कि शायद कहीं कोई चीज़ दिख जाए। लोग भी मेरा खूब मजाक उड़ाते हैं। कहते हैं कि ''तुम्हारी भी यह एक अजीब आदत है।''

●●●

डा० उनीता सच्चिदानन्द द्वारा रूपान्तरित, अनूदित, सम्पादित व रचित और राजकमल प्रकाशन द्वारा प्रकाशित जापानी साहित्य

(मूल और अनूदित शीर्षक हिन्दी व जापानी में)

जापानी लोककथाएं : तसवीर का फेर
日本の民話:タスワィール カ フェール

1. 絵姿女房 (एसुगाता न्योबो)	1. तसवीर का फेर (タスワィールカフェール)
2. 猿地蔵 (सारु जिजो)	2. नदी में देवता (ナディーメデワタ)
3. やまた のおろち (यामाता नो ओरोची)	3. छाए बादल (チャーエバダル)
4. 七夕 (तानाबाता)	4. तानाबाता (タナバタ)
5. 一寸法師 (इस्सुनबोशी)	5. इस्सुन बोशी (イッスンボシ)
6. 桃太郎 (मोमोतारो)	6. मोमोतारो (モモタロ)
7. 古屋のもり (फुरुया नो मोरी)	7. टप–टप गुम्बा (タプタプグッムバ)

जापानी लोककथाएं :लोमड़ी की जपमाला
日本の民話:ロムリーキージャプマラー

1. 天福地福 (तेन्बुकुजिबुकु)	1. सपना सच हुआ (サプナサッチフア)
2. 鷹鰕鮫 (ताका एबी सामे)	2. बड़ा कौन (バラコウン)
3. 狐の玉 の取り合い (खित्सुने नो तामा नो तोरिआइ)	3. लोमड़ी की जपमाला (ロムリーキージャプマラー)

4. 木仏長者 (किबोतोके चोजा)	4. विश्वास का बल (ウィスワース カバール)
5. 宝下駄 (ताकारा गेता)	5. लुढ़कता खड़ाऊँ (ルラクタカラウン)
6. 五得の教え (गोतोकु नो ओशिए)	6. एक एहसान बढ़ा पांच मान (エクエヘサン バラパンチマン)
7. 鴇の卵 (तोकी नो तामागो)	7. बुज्जा का अण्डा (ブッジャーカアンダ)

पांच चोर

नीइमी नानकिचि

パンチ チョール

新美南吉

1. 花のき村と盗人たち (हानानोकिमुरा तो नुसुबितोताची)	1. पांच चोर (パンチチョール)
2. おじさんのランプ (ओजीसान नो राम्पु)	2. दादाजी की लालटेन (ダダジキラルテン)
3. ごんぎつね (गोन गित्सुने)	3. गोन लोमड़ी (ゴンロムリー)
4. 手袋を買いに (तेबुकुरो ओ काई नी)	4. दस्ताने (ダスタネ)

मेरी दीदी: ओका शूज़ो

メリーディーディー

丘 修三

1. ぼくのお姉さん (बोकु नो ओनेसान)	1. मेरी दीदी (メリーディーディー)
2. 歯型	2. दांतों के निशान

(हागाता) | (ダントウケーニシャン)
3. 首かざり (कूबी काज़ारी) | 3. माला (マラー)

वाशिंगटन पोस्टमार्च: ओका शूज़ो *
ワシングトンポスト.マーチ
丘 修三

1. あざ (आज़ा) | 1. नीले धब्बे (ニレーダッベ)
2. こおろぎ (कोओरोगी) | 2. झींगुर (ジーングル)
3. ワシントンポスト マーチ (वाशिनटोन पोसुतोमाचि) | 3. वाशिंगटन पोस्टमार्च (ワシングトンポスト マーチ)

* अनुवाद योशिको ओकागुची , सम्पादन: डा॰ उनीता सच्चिदानन्द

राक्षस फूट-फूट कर रोया
हामादा हिरोसुके, त्सुबोता जोजी ,मुशानोकोजी सानेआत्सु,
ラクシャシ フートフート カルロヤ
浜田廣介, 坪田譲治, 武者小路実篤

1. 泣いた赤鬼 (नाइता आका ओनी) | 1. राक्षस फूटफूट कर रोया (ラクシャシフートフートカルロヤ)
2. ある島の狐 (आरु शिमा नो खित्सुने) | 2. एक द्वीप की लोमड़ी (エクデュイープキロムリー)
3. 狐解葡萄 (खित्सुने तो बुदो) | 3. लोमड़ी और अंगूर (ロムリーオウルアングール)
4. 小学生と狐 (श्योगाकुसेइ तो खित्सुने) | 4. लोमड़ी की सीख (ロムリーキシーク)

जलपरी

ओगावा मिमेइ, शिमाज़ाकी तोसोन, कोजिमा मासाजिरो

ジャルパリー

小川未明, 島崎藤村,小島政二郎

1. 赤いろうそくと人形 (आकाइ रोसोकु तो निन्ग्यो) — 1. जलपरी (ジャルパリー)
2. 殿様の茶碗 तोनोसामा नो चावान) — 2. कटोरी (カトリー)
3. 二人の兄弟 (फुतारी नो क्योदाइ) — 3. दो भाई (ドバイー)
4. 笛 (फुए) — 4. बांसुरी (バンスリー)

जंगली गुलाब

मियाज़ावा केन्जी , आवा नावाको , ओगावा मिमेइ

ジャンギリーグラブ

小川未明, 宮沢賢治, 安房直子

1. 野ばら (नोबारा) — 1. जंगली गुलाब (ジャンギリーグラブ)
2. 白い門のある家 (शिरोइ मोन नो आरु इए) — 2. सफेद फाटक का एक घर (サフェーデュファタクカエクガール)
3. 月夜と眼鏡 (त्सुकियो तो मेगाने) — 3. चांदनी रात और चश्मा (チャンドニラートオウルチャシマ)
4. 眠い町 (नेमुइ माची) — 4. उनींदा शहर (ウニンダシェヘル)
5. 注文の多い料理店 (चूमोन नो ओइ रयोरितेन) — 5. अनन्त फ़रमाइशों का भोजनालय (アナントファルマイ

ショカボジナラヤ)

6. どんぐりと山猫 (दोनगुरि तो यामानेको) — 6. बन बिलाव (バンビラウ)

7. 狐の窓 (खित्सुने नो मादो) — लोमड़ी की खिड़की (ロムリーキキルキー)

नाक बनी मुसीबत

शिगा नाओया, आकुतागावा र्यूनोसुके, आरिशिमा ताकेओ, मात्सुतानी मियोको

ナクバニムシーバト

志賀直哉, 芥川龍之介, 有島武郎, 松谷みよこ

1. 小僧の神様 (कोज़ो नो कामीसामा) — 1. नन्हे का भगवान (ナンヘカバグワン)
2. 城の崎にて (किनोसाकी निते) — 2. किनोसाकी से (キノサキーセ)
3. 鼻 (हाना) — 3. नाक बनी मुसीबत (ナクバニムシーバト)
4. 一房の葡萄 (हितोफुसा नो बुदो) — 4. अंगूर का एक गुच्छा (アングールカエクグッチャ)
5. 黒猫四代 (कुरोनेको योन्दाइ) — 5. एक और काली बिल्ली (エクオウルカリービッリー)

मृतात्मा का गीत

आबे कोबो, साता इनेको, हायाशी फुमिको

ミリッタトマカギート

安部公房, 佐多稲子, 林富美子

1. キャラメル工場から (क्यारामेरु कोजो कारा) — 1. कैरैमल कारखाने से (ケレマルカールカーネセー)

2.	死んだ娘が歌った शिन्दा मुसुमे गा उतात्ता)	2.	मृतात्मा का गीत (ミリッタトマ カギート)
3.	ふうきんと魚の町 (फूकिन तो उओ नो माची)	3.	अकार्डियन (アコルディヤン)

हथेली-भर कहानियां

कावाबाता यासुनारी *

ハテリーバールカハニヤン

川端康成

1.	秋の雨 (आकी नो आमे)	1.	पतझड़ की बारिश (パトジャルキバ リシュ)
2.	さざん花 (साज़ान्का)	2.	पुनर्जन्म (プナルジャンム)
3.	有難う (आरीगातो)	3.	धन्यवाद (ダニヤバード)
4.	日向 (हिनाता)	4.	धूप (ドゥープ)
5.	不死 (फुशी)	5.	अमर (アマル)
6.	母の眼 (हाहा नो मे)	6.	दृष्टि (ディリシティー)
7.	玉台 (तामादाइ)	7.	बिलियर्ड्स (ビリヤード)
8.	雀の媒酌 (सुजुमे नो बाइशाकू)	8.	बिचौलिया (ビチョリヤ)
9.	夏の靴 (नात्सु नो कुत्सु)	9.	जूते (ジューテ)
10	歴史 (रेकिशि)	10.	इतिहास (イティハス)
11.	胡 子盗人	11.	चोर

(गुमी नुसुबितो) (チョール)

12. 夜天の微笑 (यातेन नो बिशो) 12. मुसकान (ムスカン)

13. 雨傘 (आमागासा) 13. छाता (チャター)

14. 顔 (काओ) 14. चेहरा (チェヘラ)

15. 喧嘩 (केन्का) 15. झगड़े (ジャグレ)

* संकलन व सम्पादन: डा॰ उनीता सच्चिदानन्द

जापानी साहित्य दर्शन : मेइजी से शोवा तक
日本文学の旅: 明治から昭和まで

राशोमोन एवं अन्य कहानियाँ : आकुतागावा रयूनोसुके
ラショモンエワムアンヤカハニヤン
芥川龍之介

1. 羅生門 (राशोमोन) 1. राशोमोन (ラショモン)

2. 蜜柑 (मिकान) 2. संतरे (サンタレ)

3. 蜘蛛の糸 (कुमो नो इतो) 3. मकड़ी के जाल का एक तार (マカリケジャルカエクタール)

4. 杜子春 (तोशिशुन) 4. तोशिशुन (トシシュン)

5. 白 (शिरो) 5. शिरो (シロ)

सानशोदायु : मोरी ओगाई
サンショウダユ: 森 鴎外

1. 山 सानशोदायु	1. सानशोदायु (サンショウダユ)
2. 高瀬舟 (ताकासेबुने)	2. अंधेरे में एक नाव चलती थी (アンデレメエクナウチャルティーティー)
3. 最後の一句 (साइगो नो इक्कु)	3. आखिरी पंक्ति (アキリパンクティ)

बिन कान का होइची
कोइज़ुमी याकुमो
ビンカンカホイチ
小泉八雲

1. 耳なし芳一のはなし (मिमिनाशि होइची नो हानाशी)	1. बिन कान का होइची (ビンカンカホイチ)
2. 雪おんな (युकि ओन्ना)	2. बर्फ़ सुन्दरी (バルフスンダリー)
3. ものを言うふとん (मोनो ओ इउ फुतोन)	3. बच्चों की रज़ाई (バッチョンーキラシャーイ)
4. 宝石の涙 (होसेकी नो नामिदा)	4. आंसू बने मोती (アンスーバネモティー)
5. みずな (मिज़ुना)	5. कुनीज़ाका की ढलान (クニザカキダラン)
6. かたい約束 (काताइ याकुसोकु)	6. सोएमोन भूला नहीं (ソエモンブーラナヒン)